Au bout du rouleau

Running on empty

JEAN-PIERRE MARTINEZ

English translation by
Anne-Christine Gasc

Au bout du rouleau

Running on empty

Édition bilingue français-anglais
French-English bilingual edition

La Comédi@thèque
comediatheque.net

Personnages

Auteur
Visiteuse

Ces deux personnages peuvent être masculins ou féminins. Dans cette version, l'auteur est un homme et l'autre personnage une femme.

© La Comédi@thèque
ISBN : 978-2-37705-536-4

Characters

Author
Visitor

*These two characters can be male or female.
In this version, the author is a man and the other
character a woman.*

Un salon en désordre. Un homme (ou une femme) somnole dans un fauteuil. Le téléphone sonne, le sortant de sa torpeur. Il décroche comme un somnambule.

Auteur *(peu aimable)* – Allô ! *(Sans prendre le temps d'écouter)* Vous allez me dire que le rendez-vous est annulé, c'est ça ? *(Reprenant un peu ses esprits)* Le Crédit Mutuel ? *(Se radoucissant)* Ah pardon, non parce que j'attends un journaliste qui doit m'interviewer et... Oui, je sais, un petit découvert, j'ai vu ça... Un gros ? Disons un moyen, alors... Bon, on ne va pas jouer sur les mots, non plus... Ne vous inquiétez pas, je m'apprêtais justement à sortir pour aller déposer un chèque que je viens de recevoir... Une avance pour l'écriture de ma prochaine pièce, oui... Vous allez au théâtre de temps en temps ? Non bien sûr, ce n'est pas le sujet... Écoutez, la ligne n'est pas très bonne... Ah, je crois que j'ai entendu sonner, ça doit être mon journaliste... Oui, c'est ça, je vous rappelle... Ah, là je ne vous entends plus du tout... Je vais vraiment être obligé de raccrocher...

L'auteur raccroche et soupire. Il émerge lentement, un peu dans le coltard, et se lève. Son allure et sa tenue sont assez désordonnées. Cette fois, on entend bien une sonnette. Il hésite un moment. Il se regarde dans une glace, remet un peu d'ordre dans ses vêtements, et se passe un coup de peigne. Nouveau coup de sonnette.

Auteur – Oui, oui, c'est bon, j'arrive...

Il se décide à aller ouvrir, et revient un instant après suivi d'une femme (ou d'un homme), plus jeune, habillée de façon plus moderne, et l'air beaucoup plus en forme.

Visiteuse – Merci de me recevoir, Monsieur Doutreligne.

Auteur – Dentreligne.

Un peu surprise par le désordre du lieu.

Visiteuse – Pardon ?

Auteur – Pas Doutreligne. Dentreligne. Charles Dentreligne. C'est mon nom. Je pensais que vous saviez au moins ça...

A messy living room. A man (or a woman) dozes in an armchair. The phone rings, partially waking him. He answers the phone, still half asleep.

Author (*unfriendly*) – Hello? *(Without listening)* You better not be calling to tell me the meeting is cancelled! (*Waking a little*) Building Society? (*More pleasant*) Oh sorry, no it's because I'm expecting a journalist for an interview you see, and… Yes, a small overdraft, I know, it's on my statement… Large? Let's call it medium then… potayto, potahto… Don't worry about it, it's being taken care of… I received an advance for my next play and the cheque's in the mail, and… Yes, a play. Do you like the theatre?… No, of course that's not the question… Listen, you're breaking up… Oh, there's someone at the door, it must be the journalist… Of course, I'll call you right back… Oh dear, now I can't hear you at all, I'm afraid… I'm hanging up now…

The author hangs up and sighs. He is waking up slowly, still a little dozy, and gets out of the chair. His demeanour and his clothes are unkempt. The doorbell actually rings. He hesitates a little. Looks in a mirror, adjusts his clothes and runs a comb through his hair. The doorbell rings again.

Author – Yes, all right, I'm coming...

He goes to the door and returns followed by a woman (or a man) that is younger, dressed more fashionably, and generally fitter and much better looking than him.

Visitor – Thank you for having me, Mr Tellerman.

Author – Letterman.

A little taken aback by the mess.

Visitor – Pardon?

Author – Not Tellerman. Letterman. Charles Letterman. That's my name. How do you not even know that?

Visiteuse – Bien sûr, excusez-moi. C'est un pseudo, j'imagine ?

Auteur – Non, pourquoi ?

Visiteuse – Ah je ne sais pas... Dentreligne, pour un écrivain... Dans ce cas, si je peux me permettre, c'est un nom prédestiné.

Auteur – Quand je choisirai un pseudo, je prendrai Doutretombe. Au moins, je suis sûr que mes Mémoires se vendront bien.

Visiteuse – Ah oui... *(Jetant un regard inquiet vers l'auteur)* Je ne vous réveille pas, au moins...

Auteur – Me réveiller ? Mais pas du tout ! Qu'est-ce qui vous fait penser que vous pourriez me réveiller ?

Visiteuse – Ah je ne sais pas, je...

Auteur – D'ailleurs il est quelle heure ?

Visiteuse – Je suis désolée, je n'ai pas de montre.

Auteur – C'est sûrement pour ça que vous êtes en retard.

Visiteuse – En retard ? Mais... vous ne savez même pas quelle heure il est...

Auteur – Vous n'êtes pas journaliste pour rien, vous... Vous avez réponse à tout. Bon, alors on la fait, cette interview, oui ou non ? Je n'ai pas que ça à faire, moi.

Visiteuse *(entre ses dents)* – Si vous le dites...

Auteur – Pardon ?

Visiteuse – Non, je disais... Oui, allons-y ! On est là pour ça, non ?

Auteur – D'ailleurs, vous avez de la chance. Je n'accorde jamais d'interview.

Visiteuse – On vous en demande souvent ?

Auteur – Moins maintenant, c'est vrai. Mais... à l'époque où on m'en demandait, je refusais aussi.

Visitor – Of course, I'm sorry. A pen name, naturally?

Author – No, why?

Visitor – Oh, I... Letterman for a writer... Never mind, let's just say it was fate, then.

Author – I don't need a pen name... If I want a best seller, I'll just call my book "Late Night with"...

Visitor – Right... (*Looking at the author with concern*) I didn't wake you, did I?

Author – Wake me? Of course not! What makes you say that?

Visitor – Er, I don't know, I…

Author – Actually, what time is it?

Visitor – I'm sorry, I don't have a watch.

Author – Well, that would explain your tardiness.

Visitor – Tardiness? But... you don't even know what time it is...

Author – Typical journalist... always have to have the last word. So, are we going to do this interview or not? I haven't got all day, unlike some.

Visitor (*muttering to herself*) – If you say so...

Author – Pardon?

Visitor – Nothing, I was just saying... Yes, let's start! That's what we're here for, right?

Author – Actually, you're very lucky. I never give interviews.

Visitor – Do you get asked often?

Author – Not as often as they used to, it's true... but back when they used to ask me, I would refuse them all.

Visiteuse – D'accord...

Auteur – Vous êtes de celles qui pensent que la vertu des femmes est inversement proportionnelle à leur sex appeal, c'est ça ?

Visiteuse – Pas du tout... Enfin si, mais... Ce n'est pas ce que j'ai voulu insinuer...

Auteur – Qu'est-ce que vous vouliez insinuer, alors ?

Visiteuse – Mais rien du tout...

Auteur – Si ! Vous avez dit : ce n'est pas ce que j'ai voulu insinuer. C'est donc que vous vouliez insinuer quelque chose !

Visiteuse – Je me suis mal exprimée, c'est tout.

Auteur – Une journaliste qui s'exprime mal, ça m'a l'air bien parti, tout ça...

Visiteuse – Excusez-moi.

Auteur – Alors pourquoi vous me posez cette question ?

Visiteuse – Quelle question ?

Auteur – Vous m'avez demandé si on me demandait encore beaucoup d'interviews.

Visiteuse – Je ne sais pas... Je suis là pour vous poser des questions... C'est le principe d'une interview, non ?

Auteur – Des vraies questions, oui... Pas des questions à la con.

Visiteuse – Vous voulez dire des questions de journaliste, sans doute.

Auteur – Je déteste les journalistes...

Visiteuse – En général, les gens connus détestent les journalistes...

Auteur – Oui, on se demande pourquoi...

Visiteuse – C'est pourtant grâce aux journaux que les inconnus sortent un jour de l'anonymat...

Visitor – Yeah, right...

Author – Are you implying that it's easy to play hard to get when no one is after you?

Visitor – Not at all... I mean, yes but... That's not what I was trying to...

Author – What were you "trying to", then?

Visitor – No, nothing...

Author – Yes, you did! You said: that's not what I was trying to... So that means you were "trying to" something!

Visitor – I misspoke, that's all.

Author – A journalist who misspeaks... This is going well.

Visitor – I apologise.

Author – Then why did you ask me that question?

Visitor – What question?

Author – You asked me if I did a lot of interviews.

Visitor – I don't know... I'm here to ask questions... That's how interviews work, isn't it?

Author – Real questions, yes... Not asinine ones.

Visitor – I think you mean journalist questions.

Author – I hate journalists...

Visitor – Yes, famous people tend to hate journalists...

Author – I wonder why…

Visitor – Even though it's often journalists that brings them fame in the first place.

Auteur – C'est un point de vue.

Visiteuse – Un point de vue de journaliste.

Auteur – Ce sont aussi les gens connus qui font vendre les journaux.

Visiteuse – Tout à fait, le rôle des journaux est aussi de parler des gens connus... Pour qu'on ne les oublie pas...

Auteur – Vous êtes venue me voir pour parler de la société du spectacle ou pour me poser des questions sur mon œuvre ?

Visiteuse – J'y viens, rassurez-vous. *(Jetant un regard sur la pièce)* Je peux m'asseoir ?

Auteur – Allez-y, je vous en prie...

Visiteuse – Merci...

Elle s'assied. Silence gêné. Il se reprend un peu.

Auteur – Excusez-moi, on est partis sur un mauvais pied, tous les deux.

Visiteuse – Aucun problème, je vous assure...

Auteur – Je n'ai plus trop l'habitude de voir du monde, c'est vrai. Je suis devenu un peu ours, je crois...

Visiteuse – Ne vous excusez pas, c'est normal... Je débarque comme ça, chez vous...

Auteur – Vous voulez quelque chose ?

Visiteuse – Oui... En fait, j'aurais aimé vous poser quelques questions.

Auteur – Je voulais dire quelque chose à boire.

Visiteuse – Ah oui, pardon... Eh bien... Je n'aurais rien contre un café.

Author – That depends on your point of view.

Visitor – From the point of view of a journalist.

Author – Famous people sell papers.

Visitor – Absolutely, the role of a newspaper is also to talk about famous people... so they don't fall into oblivion...

Author – Did you come see me to talk about the entertainment industry or to ask questions about my work?

Visitor – Don't worry, I'm getting there. (*Looking around the room*) May I sit down?

Author – Please...

Visitor – Thank you...

She sits. Awkward silence. He collects himself a little.

Author – I'm sorry, we started on the wrong foot.

Visitor – It's quite all right...

Author – I'm not really used to being around people any more. I've become quite the anti-social ogre, I'm afraid...

Visitor – Please, there's no need to apologise... It's quite a normal reaction... After all I just turned up on your doorstep...

Author – What would you like?

Visitor – Thank you... I was hoping to get some answers.

Author – I meant something to drink.

Visitor – Oh yes, sorry... Er... I wouldn't turn down a coffee.

Auteur – Je n'ai plus de café. Enfin, j'ai du café, mais je n'ai plus de cafetière. Elle est tombée en panne il y a... déjà pas mal de temps. J'ai continué à faire du café pendant quelques mois, en faisant chauffer l'eau dans une casserole, et en me servant d'un Kleenex comme filtre. Et puis quand je suis tombé en panne de Kleenex, j'ai décidé de me passer de café.

Visiteuse – Ce n'est pas grave, ne vous dérangez pas.

Auteur – Je peux vous faire une tisane, si vous voulez. Camomille ? Je vous préviens, je n'ai pas de sucre.

Visiteuse – C'est très tentant mais... Merci, ça ira.

Auteur – Bon... Dans ce cas, je vous écoute...

Visiteuse – Très bien, alors... Ma première question sera... est-ce que vous écrivez à la main, ou avec un ordinateur ?

L'auteur reste un moment interloqué.

Auteur – Pardon mais... je n'ai pas très bien compris. Vous travaillez pour quel journal, exactement ?

Visiteuse – C'est-à-dire que... ce n'est pas exactement un journal. Je veux dire, pas un journal sur papier, comme *Le Figaro Littéraire*, par exemple.

Auteur – *Le Figaro Littéraire* ?

Visiteuse – C'est plutôt... une revue numérique, comme on dit aujourd'hui.

Auteur – Je vois, un site internet, quoi...

Visiteuse – Disons... un web magazine. *Vivre Théâtre.*

Auteur – *Vivre Théâtre* ?

Visiteuse – C'est le nom du magazine. Vous n'aimez pas ?

Auteur – Si, si... Ça fait un peu revue pour les seniors, mais bon... Il n'y a plus que les vieux qui vont au théâtre, de toute façon.

Visiteuse – D'accord...

Author – I'm out of coffee. Well, I have coffee but I don't have a coffee maker anymore. It's broken... Happened a while back, actually. For several months I managed by boiling water in a saucepan and making coffee filters out of tissues. But then I ran out of Kleenex and decided it was an opportunity to reduce my caffeine intake.

Visitor – That's all right, no worries.

Author – I can make you a herbal if you like. Chamomile? But I'm out of sugar.

Visitor – Tempting, but no thank you... I'll pass.

Author – OK, well in that case... I'm all yours...

Visitor – Thank you. My first question is... do you write with a pen or on a computer?

The author is taken aback for a few seconds.

Author – I'm sorry... I didn't quite get that. Which paper did you say you work for?

Visitor – Well… Actually... It's not technically a paper. I mean, not a paper on paper, like *The New Yorker*.

Author – *The New Yorker*?

Visitor – It's more like... a digital medium, as they say.

Author – I see... you mean a website...

Visitor – More like... a web magazine. *Living Theatre*.

Author – Living Theatre?

Visitor – That's the name of the magazine. You don't like it?

Author – It's fine... It sounds like a magazine for OAPs... On the other hand, only retirees go to the theatre anymore...

Visitor – Whatever...

Auteur – Vivre Théâtre... Malheureusement, peu de gens arrivent encore à en vivre du théâtre, vous savez...

Visiteuse – Le but de notre publication est justement de mettre en lumière les auteurs contemporains. Cet entretien permettra à nos lecteurs de mieux vous connaître. En tant que dramaturge, en tout cas...

Auteur – Je vois. Et donc, votre première question, c'est... est-ce que j'écris avec un stylo ou avec un ordinateur ?

Visiteuse – Voilà.

Auteur – C'est une question qui doit tarauder vos lecteurs, je m'en doute.

Visiteuse – Alors ?

Auteur – Alors ? Comme vous devez vous en douter en raison de mon grand âge, à mes débuts, j'écrivais au stylo. On venait ·tout juste d'inventer l'imprimerie, alors l'ordinateur, vous pensez bien.

Visiteuse – Bien sûr.

Auteur – Je me souviens... C'était un stylo à encre Mont Blanc que ma marraine m'avait offert pour ma première communion. Avec une plume en plaqué or. J'y étais très attaché.

Visiteuse – D'accord. Un objet transitionnel, en quelque sorte.

Auteur – Voilà... Un substitut de la mère, si vous préférez. Vous savez, l'écriture, c'est aussi une psychanalyse.

Visiteuse – Ah oui...

Auteur – C'est tout aussi inefficace, mais au lieu de dépenser de l'argent, en principe, on peut toujours espérer en gagner un peu.

Visiteuse – Je vois...

Auteur – Je sais... À me voir dans cet état, vous vous dites que mon analyse, en effet, ça n'a pas dû très bien marcher...

Visiteuse – Ah non, mais pas du tout...

Author – Living Theatre... Unfortunately, very few people still manage to make a living from the theatre, you know...

Visitor – That's why our website strives to highlight the work of contemporary playwrights. This interview would allow our readers to get to know you better. As a playwright anyway...

Author – I see. And... your first question is whether I write with a pen or on a computer?

Visitor – That's right.

Author – I'm sure the answer is keeping your readers on the edge of their seats.

Visitor – So?

Author – So? So as you can probably guess from my age, when I started my career I used a pen. Printing had only just been invented a few years earlier, so computers wouldn't be around for a while yet.

Visitor – Of course.

Author – I remember it well... It was a Mont Blanc fountain pen given to me by my godmother for my first communion. With a gold nib. I was very fond of it.

Visitor – I see. Like a sort of… transitional object.

Author – That's it... A replacement for a mother if you prefer. You know, writing is a form of psychoanalysis.

Visitor – Of course...

Author – It's just as useless but instead of spending money, there's always the chance that you can earn some. In theory, anyway.

Visitor – I see...

Author – I know what you're thinking... Given the state I'm in, you're thinking my therapy sessions might not have been as successful as I'd hoped...

Visitor – No, not at all...

Auteur – Vous trouvez que j'ai l'air tout à fait épanoui ?

Visiteuse – Épanoui, ce n'est peut-être pas le premier mot qui me serait venu à l'esprit, mais... Et après ?

Auteur – Après, le stylo est tombé en panne.

Visiteuse – Comme la cafetière.

Auteur – Voilà. Alors avec les droits d'auteur que j'ai touchés sur ma première pièce, je me suis acheté une machine à écrire, comme celles qu'on voit dans les vieux films en noir et blanc. Vous avez vu *Sunset Boulevard* ?

Visiteuse – Oui, peut-être, enfin... Il y a longtemps, je crois...

Auteur – Hélas, je n'ai pas réussi à trouver une star déchue pour m'entretenir, en échange de l'écriture d'un scénario.

Visiteuse – En tout cas, c'est très romanesque... Vous l'avez encore, cette machine à écrire ?

Auteur – Elle a fini par tomber en panne, elle aussi.

Visiteuse – Ah mince...

Auteur – Alors j'ai acheté une des premières machines à écrire électriques... C'était révolutionnaire, à l'époque, vous savez ? Il y avait un petit écran, comme sur un ordinateur, mais avec deux ou trois lignes seulement. On pouvait quand même faire quelques corrections avant la frappe définitive. Ça permettait déjà d'économiser pas mal d'encre et de papier. Je l'ai gardée quelques années, et puis...

Visiteuse – La machine électrique est tombée en panne, et vous avez acheté un Mac.

Auteur – Non, après c'est moi qui suis tombé en panne, et j'ai acheté un nègre.

Visiteuse – Un nègre ? Vous voulez dire...

Author – Would you say I look fulfilled?

Visitor – Fulfilled isn't the first word that comes to mind, but... So what happened next?

Author – Next, the fountain pen broke.

Visitor – Like the coffee maker.

Author – Exactly. And with the royalties from my first play I bought a typewriter, like the ones you see in old black and white films. Have you seen *Sunset Boulevard*?

Visitor – Yes, maybe, well... A long time ago, I think...

Author – Unfortunately I wasn't able to find an ageing film star to support me in exchange for writing them a comeback script.

Visitor – I love it, it sounds like a novel... Do you still have the typewriter?

Author – It ended up broken, too.

Visitor – Shame...

Author – So I replaced it with one of the very first electric typewriters... It was a revolution at the time, you know? It had a small screen, like on a computer, with room for only a couple of lines. You could make a few changes before the machine typed the text. It meant you could save quite a bit of ink and paper. I used it for a few years, and then...

Visitor – The electric typewriter broke, and you got a Mac.

Author – No, it was me who was broken, so I hired someone to ghost for me.

Visitor – A ghost?

Auteur – C'est lui qui se servait de l'ordinateur. Au début je lui dictais un peu, évidemment. Et puis très vite, il s'est mis à écrire tout seul.

Visiteuse – L'ordinateur ?

Auteur – Le nègre !

Visiteuse – Tiens donc.

Auteur – Il était très doué, vous savez.

Visiteuse – Je vois.

Auteur – Vous connaissez la phrase de Buffon : le style, c'est l'homme.

Visiteuse – Oui, enfin...

Auteur – Et bien ce nègre-là, c'était tout à fait mon style.

Visiteuse – Ah oui.

Auteur – C'était un Suédois.

Visiteuse – Qui ça ?

Auteur – Mon nègre !

Visiteuse – Ah oui, pardon...

Auteur – Vous me posez une question et... j'ai l'impression que ça ne vous intéresse pas ce que je vous raconte ?

Visiteuse – Ah si ! Beaucoup, mais... Et ce nègre, vous l'avez toujours ?

Auteur – Hélas non. C'est pourquoi je n'ai rien écrit depuis des années...

Visiteuse – Il est reparti en Suède, peut-être.

Auteur – Non... Il est mort, tout simplement.

Visiteuse – Ah merde... Je veux dire... C'est une bien triste histoire.

Auteur – Oui... J'y étais très attaché. Mais que voulez-vous ? Il commençait à se prendre pour un véritable auteur. J'ai dû m'en débarrasser.

Author – He's the one who used the computer. At first I would dictate a little, naturally, but then very quickly he started writing on his own.

Visitor – The computer?

Author – The ghost-writer!

Visitor – Oh?

Author – He was very gifted, you know.

Visitor – I see.

Author – You've heard Buffon's quote: "style is the man himself".

Visitor – Yes... no

Author – Well that ghost-writer was totally my style.

Visitor – Oh yes.

Author – He was Swedish.

Visitor – Who was?

Author – The ghost-writer!

Visitor – Oh right, sorry...

Author – You ask me a question and... I have the feeling you're not that interested in my answers.

Visitor – Oh no, I am! Very much so, but... this ghost, do you still have it?

Author – Unfortunately not. That's why I haven't written anything for years...

Visitor – Maybe he went back to Sweden.

Author – No... He died.

Visitor – Blimey... I mean... It's such a strange story.

Author – Yes, and I was very fond of him, too. But what can you do? He was starting to think he was a writer. I had to get rid of him.

Visiteuse – Vous en débarrasser ?

Auteur – Un peu d'arsenic tous les jours dans sa camomille. Il est mort comme Madame Bovary.

Visiteuse – Ah oui...

Auteur – Flaubert disait : Madame Bovary, c'est moi. Eh bien oui, c'est un peu de moi qui est mort avec Antonio.

Visiteuse – Antonio ?

Auteur – Mon nègre suédois ! Après sa disparition, je n'ai plus jamais retrouvé mon style.

Visiteuse – C'est donc à ce moment-là que vous avez cessé d'écrire.

Auteur – Oui... Je suis resté bloqué sur ma 124ème pièce.

Visiteuse – Je suis vraiment désolée de l'apprendre.

Auteur – J'ai traversé une période difficile, c'est vrai. Pour essayer de retrouver l'inspiration de mes débuts, je me suis racheté un Mont Blanc, avec les derniers euros qui me restaient.

Visiteuse – Mais ça n'a pas suffi...

Auteur – J'étais au bord du suicide... Et je n'avais plus un centime pour acheter des cartouches.

Visiteuse – Pour votre revolver...

Auteur – Pour le stylo !

Visiteuse – Pardon...

Auteur – Il me restait une vieille seringue de l'époque où j'étais accroc à l'héroïne. Je me faisais une prise de sang tous les matins, et je remplissais le stylo avec. On m'avait commandé l'écriture d'une comédie. Mais l'encre rouge, vous savez... Ça donnerait plutôt des idées noires... *(Devant la stupéfaction de la visiteuse)* Vous ne prenez pas de notes ?

Visiteuse – Si, si, j'ai tout ce qu'il faut... *(Elle sort un petit magnétophone.)* Enfin, je ne suis pas sûre qu'il faille enregistrer ça...

Visitor – Get rid of him?

Author – A daily dose of arsenic in his chamomile. He died like Madame Bovary.

Visitor – I see...

Author – It's just like Flaubert wrote: "Madame Bovary, c'est moi". Well, a little part of me died with Antonio that day.

Visitor – Antonio?

Author – My Swedish ghost-writer! After he left us, I lost my style for good, never recovered.

Visitor –That's when you stopped writing.

Author – Correct... I never finished my 124th play.

Visitor – I'm very sorry to hear this.

Author – I went through a very difficult phase. To try and recapture the inspiration from my early days I bought myself another Mont Blanc pen, with the last of my savings.

Visitor – But it wasn't enough...

Author – I was on the verge of committing suicide... I didn't even have enough money to buy cartridges.

Visitor – For your shotgun...

Author – For the fountain pen!

Visitor – Of course...

Author – I found an old syringe from when I was a heroin addict. I would draw blood every morning and fill the pen. A client had commissioned a comedy but blood-red ink is more conducive to writing noir fiction (*Noticing the journalist's astonishment*) Shouldn't you be taking notes?

Visitor – Yes, yes, I have everything here... (*She pulls out a small recorder.*) But maybe you want this off the record...

Auteur – Donc, vous croyez vraiment à toutes les conneries que je viens de vous raconter ?

La visiteuse comprend que l'autre s'est foutu d'elle.

Visiteuse – C'était une plaisanterie, évidemment. Très drôle, d'ailleurs... Un nègre suédois... Mais je ne savais pas que vous étiez aussi un auteur comique.

Auteur – C'est sûrement pour ça qu'on m'a envoyé une comique pour m'interviewer... Toujours pas de camomille ?

Visiteuse – Avec ou sans arsenic ?

La visiteuse amorce un rire forcé.

Auteur *(très sérieux)* – Une autre question ?

Visiteuse – Oui, je... J'ai beaucoup aimé votre première pièce. Vous en avez écrit d'autres ?

Auteur – Pardon ?

Visiteuse – Je veux dire... de votre propre plume, pas de celle de votre nègre suédois. *(Elle rit à nouveau de sa propre blague.)* Je plaisante...

Mais l'auteur ne rit toujours pas.

Auteur – J'ai écrit 123 pièces.

Visiteuse – 123 ! Ah oui, quand même. Et... ça parle de quoi ?

Auteur *(scandalisé)* – Ça parle de quoi ? Vous venez m'interroger sur mon théâtre et vous n'avez pas lu mes pièces ?

Visiteuse – Pas les 123, évidemment, mais...

Auteur – Vous en avez lu combien exactement ?

Visiteuse – Je dirais... Une... La première, justement... Enfin, les premières pages, en tout cas. Je n'ai été prévenue que très tard, pour cette interview... Je remplace au pied levé un collègue journaliste de *Vivre Théâtre* qui s'est suicidé hier.

Author – So you actually believe all the bullshit I just told you?

The visitor realises the writer has been taking the piss.

Visitor – Of course not, it's a joke, I knew that. Pretty funny, too... A Swedish ghost... I didn't know you were a comedy writer.

Author – That must be why they sent a comedy journalist to interview me... Still no to chamomile?

Visitor – With or without arsenic?

The visitor starts a forced laugh, then stops.

Author (*very serious*) – Next question.

Visitor – Yes, I... I loved your last play. Have you written anything since then?

Author – Pardon?

Visitor – I mean... on your own, not with your Swedish ghost. (*She laughs again at her own joke.*) Just kidding.

But the author still isn't laughing.

Author – I have written 123 plays.

Visitor – 123! That's quite the number. And... what are they about?

Author (*scandalised*) – What are they about? You come here to talk about my work and you haven't read my plays?

Visitor – Not all 123, obviously, but...

Author – And how many have you read, precisely?

Visitor – I'd say... One... The first one... Well, the first pages anyway. This assignment came very late... I am filling in for a journalist from *Living Theatre* who killed himself yesterday.

Auteur – Combien de pages ?

Visiteuse – Pour être tout à fait honnête... Je n'ai pas eu le temps d'aller plus loin que la page 5.

Auteur – Le texte de la pièce commence à la page 6...

Visiteuse – En tout cas, j'ai beaucoup aimé le tire...

Auteur – Ah oui ? *(Ironique)* Et c'était quoi, le titre de ma première pièce, déjà ? J'ai un trou, là, tout de suite.

Visiteuse – Ça ne me revient pas non plus, mais je me souviens que j'avais adoré.

Auteur – Je peux voir votre carte de presse ?

Visiteuse – Euh... Oui... *(Elle fait mine de chercher dans ses poches.)* C'est-à-dire que... Je me demande si...

Auteur – Vous n'êtes pas journaliste...

L'autre hésite un instant avant de répondre.

Visiteuse – Non.

Auteur – Je vois. Vous êtes venue pour me cambrioler, c'est ça ? C'est très courant, il paraît. Le voleur se fait passer pour un employé du gaz, par exemple, et il en profite pour emporter le magot caché sous le matelas. On appelle ça le vol par ruse, je crois.

Visiteuse – Par ruse ?

Auteur – Vous avez raison, ça ne colle pas... Vous n'avez pas l'air d'être assez maline pour le vol par ruse. Et puis vous n'auriez pas choisi de vous faire passer pour une journaliste littéraire.

Visiteuse – En effet, je...

Auteur – Je ne sais pas, moi... Vous auriez été plus convaincante en livreur de pizza.

Visiteuse – C'est vrai...

Auteur – Maintenant, si vous êtes venue ici pour trouver de l'argent... On peut chercher ensemble, si vous voulez ?

Author – How many pages?

Visitor – To be totally honest... I didn't have the time to read beyond page 5.

Author – The text of the play starts on page 6.

Visitor – I really liked the title...

Author – Oh, you did, did you? (*Ironically*) And what was the title of my first play? I'm drawing a blank right now.

Visitor – I can't remember either, but I remember I loved it.

Author – Can I see your credentials?

Visitor – Er... Yes... (*She goes through the motion of looking through her bag.*) Actually... I wonder if...

Author – You're not a journalist...

She hesitates a moment before answering.

Visitor – No.

Author – I see. You've come to burgle me, is that it? It's very common, apparently. The burglar pretends to be from the gas company or whatnot, and they leave with the cash that was hidden under the mattress. It's called theft by deception, I believe.

Visitor – Deception?

Author – You're right, that doesn't fit... You aren't clever enough to pull off deception. And you wouldn't have chosen to impersonate a journalist anyway.

Visitor – Actually, I...

Author – Let's see... You would have been more convincing as a pizza delivery guy.

Visitor – That's true...

Author – Now, if you've come here looking for money... We can look together if you want?

Visiteuse – Je suis comédienne.

Auteur – Si c'est pour trouver un rôle que vous êtes là, vous êtes encore plus conne que je ne pensais. Et croyez-moi, j'avais déjà mis la barre assez haut.

Visiteuse – C'est la première fois que j'interprète une journaliste. Et je n'ai pas eu beaucoup de temps pour préparer le rôle.

Auteur – Il ne faut pas non plus exclure la possibilité que vous soyez une comédienne médiocre. Et alors ? Qui est le metteur en scène de cette mauvaise comédie ?

Visiteuse – Votre agent.

Auteur – Mon agent ? Je ne savais même pas que j'en avais encore un...

Visiteuse – Il a pensé qu'une interview, ce serait un bon moyen pour regonfler votre ego, et vous remettre à votre table de travail.

Auteur – Il est encore plus con que je ne pensais, lui aussi.

Visiteuse – C'est un fait que vous n'écrivez plus... Il attend votre dernier manuscrit depuis près d'un an.

Auteur – Que voulez-vous ? J'ai perdu l'inspiration, comme on dit. Le manque d'inspiration pour un auteur, c'est comme le trou de mémoire pour un comédien. On ne sait jamais quand ça va arriver, et encore moins comment on va s'en sortir.

Visiteuse – Un an... Ça fait un peu long, pour un trou de mémoire...

Auteur – Vous n'avez pas lu la première de mes 123 comédies, et vous allez me supplier d'en écrire une 124ème ?

Visiteuse – Moi personnellement, je m'en fous. Mais votre agent, lui, il a l'air d'y tenir. Assez pour me donner cent euros pour vous jouer cette innocente petite comédie, en tout cas.

Visitor – I'm an actress.

Author – If you came here looking for a role, you're even more fucking stupid than I thought. And believe me, I had set the bar quite high.

Visitor – It's the first time I play a journalist. And I didn't have a lot of time to prepare for the role.

Author – Let's not exclude the possibility that you are a mediocre actress just yet. So? Who is the director of this bad comedy?

Visitor – Your agent.

Author – My agent? I didn't know I still had one...

Visitor – He thought an interview would be a good way to puff up your ego and get you back to the writing desk.

Author – He's even more fucking stupid than I thought, too.

Visitor – Everyone knows you aren't writing any more... He's been waiting for your next manuscript for almost a year.

Author – What can I say? I have severe writer's block. Do you know what that's like? It's like forgetting lines for an actor. You never know when it's going to happen, or how you're going to get yourself out of it.

Visitor – But a year... that's a long time to forget your lines...

Author – You haven't read the first of my 123 comedies, but you're going to beg me to write a 124th?

Visitor – Personally, I couldn't care less. But it sounds really important to your agent. Enough that he gave me a hundred pounds to set up this little comedy.

Auteur – Cent euros ? Je ne pensais pas que mon agent m'estimait encore autant.

Un temps.

Visiteuse – Bon, alors qu'est-ce qu'on fait ?

Auteur – Comment ça, qu'est-ce qu'on fait ?

Visiteuse – Je ne suis pas journaliste. Maintenant que vous le savez, je pense que vous ne serez plus d'accord pour continuer cette interview.

Auteur – Pourquoi ? Vous aviez d'autres questions passionnantes à me poser sur mon œuvre théâtrale ? Je ne sais pas moi... Est-ce que je mets des slips ou des caleçons ? Est-ce que je suis plutôt mer ou montagne ? Croissants ou biscottes ? Voile ou vapeur ?

Visiteuse – Bon, je crois comprendre que vous n'êtes pas disposé à coopérer. Alors qu'est-ce que je vais lui raconter, moi ?

Auteur – À qui ?

Visiteuse – À Georges, votre agent !

Auteur – Ça c'est votre problème. Vous lui racontez ce que vous voulez.

Visiteuse – C'est-à-dire que... Il devait me redonner cent euros après l'interview.

Auteur – Je vois... La moitié à la commande, et l'autre moitié à la livraison des résultats. Il doit avoir en vous une confiance sans limite...

Visiteuse *(montrant le magnétophone)* – Je devais lui rapporter la bande.

Auteur – Ne me dites pas que vous voulez vraiment la faire, cette interview ?

Visiteuse – On pourrait partager.

Auteur – Partager ? Partager quoi ?

Visiteuse – Cent euros chacun.

Author – A hundred pounds? I hadn't realised I was worth that much to my agent.

A time.

Visitor – Right, so what do we do?

Author – What do you mean, what do we do?

Visitor – I am not a journalist. Now that the cat is out of the bag, I don't think you'll want to continue the interview.

Author – Why? Do you have any more riveting questions to ask about my work? I don't know… How about… Whether I wear y-fronts or boxer shorts? Do I put the jam or the cream first? Marmite hater or Marmite lover? Do I bat for the other team?

Visitor – Right, I get the message, you don't want to play along. So what do I tell him?

Author – Who?

Visitor – George, your agent!

Author – That's your problem. Tell him whatever you want.

Visitor – It's just that… He was going to give me another hundred pounds after the interview.

Author – I see… Half up front and half on delivery… so he actually thought you could deliver…

Visitor (*showing him the recorder*) – I was supposed to bring him the tape.

Author – Don't tell me you actually want to go through this interview thing?

Visitor – We could share.

Author – Share? Share what?

Visitor – A hundred pounds each.

Auteur – Non mais vous êtes une vraie malade, vous...

Visiteuse – J'ai faim, c'est tout. Et d'après ce que m'a dit votre agent, vous ne roulez pas sur l'or non plus. Vous n'écrivez plus rien. Et personne ne monte plus vos pièces.

Auteur – Merci d'avoir la délicatesse de me le rappeler.

La visiteuse jette un regard dépréciatif sur le décor miteux.

Visiteuse – Je ne sais pas, moi... Avec cet argent-là, vous pourriez au moins refaire les peintures.

Auteur – Pour cent euros ? Si vous connaissez un peintre qui bosse pour ce prix-là, même au noir, vous me laisserez son numéro.

Visiteuse – Avec cent euros, vous pouvez toujours acheter quelques pots de peinture et un rouleau.

Auteur – Et c'est vous qui le passerez, le rouleau ?

Visiteuse – Pourquoi pas ? Pas gratuitement, évidemment...

Auteur – C'est moi qui suis au bout du rouleau, vous pigez ? Pour écrire une comédie, on n'a pas forcément besoin d'être optimiste, certes, mais il y a des limites. Il faut continuer à croire que de se moquer des cons, ça peut encore pousser certains d'entre eux à s'améliorer.

Visiteuse – Vous êtes sûr que vous ne vous écoutez pas un peu ?

Auteur – Vous trouvez ?

Visiteuse – Ça va... Écrire des pièces de théâtre, ce n'est pas la mort, quand même... Il y a pire, comme métier, non ?

Auteur – Oui, sûrement...

Visiteuse – Sûrement ? Vous savez qu'il y a des gens qui sont obligés de se lever tous les matins, et de se taper une heure de métro pour aller tenir une caisse dans un Monoprix, et tout ça pour gagner le SMIC ?

Auteur – C'est sans doute pour vous éviter un tel calvaire que vous avez choisi de faire du théâtre en appartement ?

Author – Unbelievable. You're really something else...

Visitor – No, I'm just hungry. And from what your agent told me, you're not raking it in either. You're not writing. Your plays aren't being produced.

Author – Thank you for the subtle reminder.

The visitor gives the room a deprecating look.

Visitor – I don't know... you could use the money to freshen up the paint...

Author – If you know a painter who'll do that for a hundred pounds, even cash-in-hand, please give me his number.

Visitor – A hundred pounds will get you a few pots of paint and a roller.

Author – And who is going to use this roller? You?

Visitor – Why not? For a fee, obviously...

Author – Enough! Don't you get it? You don't have to be an optimist to write comedies, but you do have to believe that taking the piss out of assholes might just lead some of them to become better people.

Visitor – You're just feeling sorry for yourself...

Author – You think?

Visitor – Come on... Writing plays isn't the end of the world... there are worse jobs, don't you think?

Author – Yes, probably...

Visitor – Probably? Do you know there are people who get up every morning to press themselves against strangers' sweaty bodies in the tube for an hour, and work the till at Morrison's, and all for minimum wage?

Author – And it's to avoid such an ordeal that you chose a career in apartment theatre?

Visiteuse – Je prends ce qu'on me propose... et mon agent ne m'a pas encore proposé de grands rôles.

Auteur – Il doit être aussi nul que le mien. C'est qui ?

Visiteuse – Le même que le vôtre...

Auteur – D'accord... *(Un temps)* C'est peut-être vous qui avez raison, finalement. Avec votre QI de bulot, vous êtes bien mieux équipée que moi pour survivre dans le monde qui nous entoure.

Visiteuse – Merci...

Auteur – Je pense donc je suis. Quel crétin, ce Descartes ! Mon cul, oui. C'est évident que pour continuer d'exister dans ce monde de merde, la première chose à faire, c'est d'arrêter de penser.

Visiteuse – Oui...

Auteur – Seulement voilà. S'abstenir de penser, c'est comme s'abstenir de fumer. C'est beaucoup plus facile quand on n'a jamais commencé.

Visiteuse – Si c'est pour moi que vous dites ça, je ne fume pas...

Auteur – Remarquez, pendant que j'y pense... J'aurais bien un petit boulot à vous proposer.

Visiteuse – Ah oui ? Si c'est dans mes compétences.

Auteur – C'est vrai que vu comme ça, ça restreint sérieusement le domaine des possibles.

Visiteuse – Alors ?

Auteur – Ça vous dirait d'être mon nègre ?

Visiteuse – Pardon ?

Auteur – Pour une raison qui m'échappe, mon agent tient absolument à ce que j'écrive une nouvelle pièce. Vous pourriez l'écrire à ma place.

Visiteuse – Mais... je ne suis pas auteur de théâtre.

Auteur – Entre nous, vous n'êtes pas vraiment comédienne non plus.

Visitor – I take what I'm offered... and my agent hasn't given me any big roles yet.

Author – He must be as shit as mine. Who is it?

Visitor – Same as you.

Author – I see... (*A time*) You know what, maybe you're right. Even with the IQ of a barnacle you're better equipped than me to survive in this world.

Visitor – Thank you...

Author – I think therefore I am... Descartes is an idiot. What a load of crap. It's obvious that in order to survive in this world of shit, the first thing to do is stop thinking.

Visitor – Yes...

Author – But here's the rub... Not thinking is like quitting smoking. It's a lot easier to do when you never started.

Visitor – Are you saying for that me? Because I don't smoke...

Author – Actually, now that I think about it... I might have a small job for you.

Visitor – Oh? Why not, if it's my range.

Author – No, let's not look at it that way, it would reduce the realm of possibilities to barely nothing.

Visitor – So?

Author – Would you consider working as my ghost-writer?

Visitor – Pardon?

Author – For reasons I don't understand, my agent is determined that I should write a new play. You could write it for me.

Visitor – But... I'm not a playwright.

Author – Just between us, you're not an actress either.

Visiteuse – Bon... Il faut voir... Et ça paye bien, nègre ?

Auteur – Tout dépend de la notoriété de l'auteur qui signe à sa place.

Visiteuse – Ce n'est pas très encourageant, ce que vous me dites là... Vous n'étiez déjà pas super connu... et d'après votre agent, aujourd'hui, tout le monde vous a oublié.

Auteur – Et dire qu'il vous a payé pour me remonter le moral...

Visiteuse – J'essaie d'être réaliste, c'est tout.

Auteur – Bon, ça vous intéresse ou pas ?

La sonnette de l'entrée résonne à nouveau.

Visiteuse – Si vous attendez quelqu'un, je vais peut-être y aller, moi.

Auteur – Je n'attends personne.

Il va ouvrir. La visiteuse commence à ranger son magnétophone et à remettre son imper pour partir. L'auteur revient, avec une enveloppe ouverte et un papier dans la main.

Auteur – C'était un coursier.

Visiteuse – Je vais vous laisser...

Auteur *(avec autorité)* – Restez assise, vous !

L'autre, surprise, se rassied sans broncher. L'auteur examine le papier qu'il a à la main, perplexe.

Visiteuse – Qu'est-ce que c'est ? Votre facture de gaz ?

Auteur – Le gaz ? On me l'a coupé depuis longtemps, sinon je ne suis pas sûr que je serais encore ici pour vous parler.

Visiteuse – Alors ?

Auteur – Un contrat d'exclusivité que m'envoie mon agent pour ma prochaine pièce.

Visiteuse – Un contrat ?

Visitor – Well… that's a matter of opinion… Ghost-writer… How much does it pay?

Visitor – That is directly related to the reputation of the author who signs the work.

Visitor – That doesn't sound very attractive... You were never very well known... and according to your agent, no one remembers you anymore.

Author – And you said he paid you to lift my spirits...

Visitor – I'm just realistic, that's all.

Author – So, are you interested or not?

The doorbell rings.

Visitor – If you're expecting someone I should probably leave.

Author – I'm not expecting anyone.

He goes to open the door. The visitor starts to pack her recording device and put on her raincoat. The author returns with an open envelope in one hand and a piece of paper in the other.

Author – It was a courier.

Visitor – I'll leave you to it...

Author (*with authority*) – Sit down!

Surprised, she sits without a word. The author examines the paper he is holding, confused.

Visitor – What it is? Your gas bill?

Author – Gas bill? They cut off the gas a long time ago... If they hadn't I don't know whether I'd still be here talking to you.

Visitor – So?

Author – It's from my agent, a contract for an exclusive deal for my next play.

Visitor – A contract?

Auteur – Il me demande de le signer et de lui renvoyer tout de suite. Tout ça est de plus en plus bizarre. *(Il sort de l'enveloppe un chèque.)* Il y a même une avance...

Visiteuse – Combien ?

Auteur – Cinq cents.

Visiteuse – Cinq cents euros ! Il ne s'est pas foutu de vous.

Auteur – Je ne sais pas, j'hésite.... Je me demande qui se fout de moi dans cette histoire depuis que vous êtes arrivée ici...

Visiteuse – En tout cas, maintenant que vous avez touché cette avance, vous n'avez plus le choix. Il va falloir que vous l'écriviez, cette comédie.

Auteur – Je peux encore retourner le chèque. Je n'ai pas signé le contrat. J'imagine que cette interview bidon était destinée à me convaincre de le faire.

Visiteuse – Alors vous n'allez pas signer ?

Auteur – Je n'aime pas écrire sous la contrainte... Mais cette pile de factures impayées m'invite à réfléchir encore un peu. Si je veux pouvoir me suicider de façon indolore, il faudrait au moins qu'on me remette le gaz.

Visiteuse – Et pour mes deux cents euros ?

Auteur – On n'avait pas dit qu'on partagerait ?

Visiteuse – Maintenant que vous êtes redevenu un auteur à qui on passe des commandes... Ce serait mesquin.

Auteur – Pas si vite. Il faut encore que je trouve un sujet de pièce.

Visiteuse – Moi, pour cinq cents euros, je vous assure que je suis capable d'écrire n'importe quoi.

L'auteur regarde la visiteuse.

Auteur – Et pour deux cent cinquante ?

Visiteuse – Deux cent cinquante ?

Author – He wants me to sign it and return it immediately. This is really strange. (*He pulls a cheque from the envelope.*) There's even an advance...

Visitor – How much?

Author – Five hundred.

Visitor – Five hundred pounds! He's not kidding.

Author – I don't know... I'm not sure... Since your arrival it's become difficult to tell who's been led...

Visitor – Well, now that you received this advance you don't have a choice anymore. You're going to have to write this comedy.

Author – I can always return the cheque. I haven't signed the contract. I imagine this fake interview was a ploy to convince me to go along with this scheme.

Visitor – You're not going to sign it?

Author – I can't write under duress... But this pile of unpaid bills over there demands that I take a little longer to think about it, because if I want to kill myself in a painless way I'm going to need the gas to be turned back on.

Visitor – And what about my two hundred pounds?

Author – Didn't we agree to share them?

Visitor – But now that you've a working author again, getting commissions and everything... you don't want to look cheap.

Author – Not so fast. I still have to find the subject of the comedy.

Visitor – Come on, for five hundred quid even I could write anything.

The author looks at the visitor.

Author – How about two hundred and fifty?

Visitor – What about two hundred and fifty?

Auteur – La moitié de cinq cents ! C'est vrai, ça. Vous non plus, vous n'avez pas encore refusé ma proposition.

Visiteuse – Quelle proposition ?

Auteur – Celle de devenir mon nègre.

Visiteuse – Ah mais non, mais je plaisantais, là. J'ai dit que je serais capable d'écrire n'importe quoi. Pas une pièce de théâtre. Et encore moins un chef d'œuvre.

Auteur – N'importe quoi ? Mais c'est tout à fait ce que j'attends de vous.

Visiteuse – Pardon ?

Auteur – Moi, en toute modestie, la seule chose que je sais écrire, ce sont des chefs d'œuvre. N'importe quoi, je ne sais pas faire. C'est bien ça qui me bloque, vous comprenez ? *(Un temps)* À voir votre gueule d'abrutie, j'ai l'impression que non...

Visiteuse – C'est-à-dire que...

Auteur – Bon... Mon agent me fait une avance pour écrire une pièce, mais hélas, j'ai perdu l'inspiration dont j'aurais besoin pour en écrire une vraie. Vous me suivez ?

Visiteuse – Jusque-là, je crois.

Auteur – Je pourrais écrire n'importe quoi pour garder ce chèque, comme le ferait n'importe lequel de mes confrères, mais n'importe quoi, moi, je ne sais pas faire.

Visiteuse – Et pourquoi ça ?

Auteur – Un vieux reste de culpabilité judéo-chrétienne, j'imagine... Et mon agent le sait très bien, le salopard, que je suis incapable d'écrire n'importe quoi.

Visiteuse – Et alors ?

Auteur – Alors écrire n'importe quoi, vous vous savez !

Visiteuse – Vous croyez ?

Auteur – Pour ça, entre nous, je vous fais entièrement confiance.

Author – Half of five hundred! You haven't rejected my offer yet either.

Visitor – What offer?

Author – To work as my ghost-writer.

Visitor – Oh, hold on, I was joking. I said I could write anything, but not a play. Certainly not a masterpiece.

Author – Write anything? But that's exactly what I need you to do.

Visitor – Pardon?

Author – To be completely honest with you, the only thing I can write are masterpieces. Writing just anything, I don't know how. That's the problem, do you understand? (*A time*) Looking at your moronic face, I don't think you do...

Visitor – Well, it's just that...

Author – OK... My agent paid me an advance to write a play but, alas, I have lost the inspiration needed to write a real one. With me so far?

Visitor – I think so.

Author – I could write anything and still earn this cheque, like any other playwright would do, but unfortunately, I am unable to write just anything.

Visitor – How so?

Author – Most likely some good old Judaeo-Christian guilt... And my agent knows it perfectly well. He's Jewish.

Visitor – So?

Author – So for you, writing just anything is right up your street!

Visitor – You think?

Author – Take it from me... you're a natural.

Visiteuse – Mais pourquoi ne pas prendre directement un nègre qui sait écrire.

Auteur – Vous pensez bien que si on pouvait trouver ça pour deux cent cinquante euros, je l'aurais déjà fait depuis longtemps.

Visiteuse – D'accord...

Auteur – D'accord ? Ça veut dire que vous êtes d'accord ?

Visiteuse – Non... D'accord, ça veut dire oui, je comprends...

Auteur – Et alors ?

Visiteuse – C'est-à-dire que... Je pourrai vraiment écrire n'importe quoi ?

Auteur – Est-ce que vous pourriez écrire autre chose ?

Visiteuse – Mais votre agent, enfin le nôtre, il va s'en rendre compte que c'est n'importe quoi !

Auteur – Mon agent ? C'est lui qui a monté cette comédie ridicule, pour m'obliger à en écrire une autre, que je n'ai aucune envie d'écrire ! Il n'aura que la monnaie de sa pièce.

Visiteuse – Disons plutôt qu'il aura sa pièce, et que vous, vous aurez la monnaie.

Auteur – Eh bien vous voyez que quand vous voulez, vous pouvez même être drôle ! Alors ?

Visiteuse – Bon... Après tout, qu'est-ce que je risque...

Auteur – Le ridicule.

Visiteuse – Ce n'est pas la mort.

Auteur – Si le ridicule tuait, croyez-moi, vous ne seriez plus de ce monde depuis très longtemps.

Visiteuse – OK... Quand est-ce que je commence ? Attendez que je regarde... *(Elle feuillette un agenda.)* Cette semaine, ça ne va pas être possible... Je pense pouvoir me libérer... Disons à partir de lundi prochain ?

L'auteur lui arrache son agenda et y jette un coup d'œil.

Visitor – But why not hire a ghost who can actually write?

Author – If I could get one for two hundred and fifty pounds I would have hired one a long time ago.

Visitor – Sure...

Author – Sure? That means you'll do it?

Visitor – No... Sure means, yes I understand...

Author – So?

Visitor – So... I could really write just anything?

Author – What else could you write?

Visitor – But your agent, I mean our agent, he'll be able to tell it's a load of crap!

Author – My agent? My agent setup this absurd comedy to trick me into writing one after I told him I wasn't going to. I see it as paying him back in kind.

Visitor – He's more likely to see it as a kind of payback.

Author – See, you can even be funny when you try! So, what do you think?

Visitor – Maybe... What's the worse that could happen?

Author – Getting egg on your face?

Visitor – I can live with that.

Author – Yes, I'm sure you've had plenty of practice.

Visitor – OK... So when do you want me to start? Let me see... (*She pulls out a day planner and starts flipping pages.*) This week's all booked up... Maybe if I can free some time... How about next Monday?

The author rips the diary out of her hands and quickly glances at it.

Auteur – Il y a tellement de pages blanches dans votre agenda que vous pourriez écrire la pièce directement là-dessus. Ah non, pardon, je n'avais pas vu... Vous avez rendez-vous dans trois mois avec votre ophtalmo.

Visiteuse – C'est très long pour obtenir un rendez-vous avec un ophtalmo. *(L'auteur lui lance un regard impatient)* OK... Alors on commence quand ?

Auteur – Pourquoi pas maintenant puisque vous êtes là ?

Le téléphone fixe sonne. L'auteur ne bronche pas.

Visiteuse – Vous ne répondez pas ?

Auteur – J'imagine que c'est encore la banque, au sujet de mon découvert.

Visiteuse – Je vois... On doit avoir la même banque.

Auteur – Le Crédit Mutuel.

Visiteuse – Il semblerait que la seule chose qu'il leur reste à mutualiser, ce sont nos découverts.

On entend la voix de celui qui laisse un message.

Voix – Bonjour, je suis Gonzague de Casteljarnac, Président de la Fondation du Boulevard Beaumarchais. J'ai le plaisir de vous annoncer que notre Fondation a décidé de vous décerner cette année Le Grand Prix du Boulevard Beaumarchais pour l'ensemble de votre œuvre. Merci de nous rappeler au plus vite afin que nous puissions régler ensemble les détails de la cérémonie.

Visiteuse – Vous croyez que c'est encore un coup monté de votre agent ?

Auteur – C'est une hypothèse, en effet...

Visiteuse – Qu'est-ce que ça pourrait être d'autre ?

Auteur – Alors vous n'imaginez pas une seule seconde que je pourrais vraiment recevoir une récompense pour l'ensemble de mon œuvre ?

Visiteuse – Je ne sais pas... Comme je n'ai rien lu...

Author – There's so many white pages in this diary you could use it to write the play. Ah, my bad... you have an eye doctor's appointment in three months.

Visitor – They have a very long waiting list. (*The author looks at her impatiently*) OK... so when do you want to start?

Author – No better time than the present, and since you're already here...

The phone rings. The author doesn't move.

Visitor – You're not going to get that?

Author – It's probably the bank, wanting to chat about my overdraft.

Visitor – I see... We must have the same bank.

Author – The Coop Building Society.

Visitor – The only thing they're building is an increasing number of overdrafts.

We hear the voice of the person leaving a message.

Voice – Hello, this is Quentin Hustlewell-Swindlelots, president of the Critics Sphere Awards. It is my pleasure to let you know that our foundation has decided to award you this year's lifetime achievement prize. Please call us back at your earliest convenience so we can work out the details of the ceremony.

Visitor – Do you think this is another joke from your agent?

Author – It's not out of the question...

Visitor – What else could it be?

Author – Is it that far fetched to think I am actually the recipient of a lifetime achievement award?

Visitor – How should I know... I haven't read any of your plays...

Auteur – En tout cas, c'est dommage que vous ne soyez pas vraiment journaliste. C'était votre chance d'être la première à interviewer le nouveau Lauréat du Boulevard Beaumarchais.

Visiteuse – Désolée, connais pas...

Auteur – Vous ne connaissez pas ? Mais le Prix du Boulevard Beaumarchais, c'est aux auteurs de comédies ce que le Prix Pulitzer est aux journalistes !

Visiteuse – Connais pas non plus...

Auteur – C'est vrai que vous n'êtes pas journaliste. Alors, je ne sais pas, moi... Comme un Molière pour un comédien.

Visiteuse – Vous voulez dire... un peu comme le Prix Nobel de littérature ?

Auteur – Bon, il ne faut pas exagérer, non plus.

Visiteuse – Je me disais aussi...

Auteur – Disons qu'avec une bonne jaquette, dans une librairie, ça pourrait booster un peu les ventes de ma nouvelle pièce.

Visiteuse – Même si la pièce est mauvaise ?

Auteur – Sans avoir une immense culture, il ne vous aura pas échappé que les plus grands succès de librairie sont rarement des chefs d'œuvre. Ils sont même rarement écrits par leurs auteurs supposés. La plupart d'entre eux ne les ont même pas lus.

Visiteuse – Sauf qu'en général, les gens qui signent ce genre de best-sellers sont des abrutis, et ceux qui les écrivent de vrais auteurs.

Auteur – Alors disons que là, ce sera le contraire.

Visiteuse – Ce n'est pas très réglo vis-à-vis de votre agent.

Auteur – Je crois que vous n'avez pas bien compris.

Visiteuse – Quoi ?

Author – It's a shame you're not really a journalist. You missed a scoop. You would have been the first to interview the latest Critics Sphere Awards winner.

Visitor – Sorry, never heard of them...

Author – You've never heard of them? But this award is to comedy writers what the Pulitzer prize is to journalists!

Visitor – Never heard of that either...

Author – Oh, that's right, you're not a journalist. Let's see... it's like a Bafta for an actor.

Visitor – Oh, you mean... like a literary Nobel Prize?

Author – Let's not get carried away.

Visitor – Yeah, I didn't think so...

Author – Let's just say that, combined with the right cover this award could nicely boost the sales of my next play.

Visitor – Even if the play isn't very good?

Author – Even with your lack of domain expertise, you couldn't have failed to notice that the biggest literary successes are rarely masterpieces. Most of the time the books aren't written by their authors, even much less read.

Visitor – Yeah... but usually, while the authors are morons, those who actually write the books are real authors.

Author – Well, in our case it'll be the other way around.

Visitor – It's not very ethical to do that to your agent.

Author – I don't think you quite get the situation.

Visitor – What do you mean?

Auteur – Cet escroc a su avant moi que j'allais recevoir ce prix, et il m'envoie un contrat à signer en urgence pour obtenir en exclusivité les droits de ma prochaine pièce. Et tout ça en déboursant à peine cinq cents euros ! Alors qu'il sait très bien qu'avec une telle publicité, je vais redevenir un auteur à succès. Vous appelez ça de l'honnêteté, vous ?

Visiteuse – J'avoue qu'en matière d'honnêteté... Je ne suis pas une spécialiste.

Auteur – Sans parler de cette ridicule histoire d'interview pour me convaincre de me remettre au boulot.

Visiteuse – C'est vrai que vu comme ça...

Auteur – Alors vous allez l'écrire, cette pièce, oui ou non ?

Visiteuse *(après un instant de réflexion)* – OK... Mais je veux aussi les deux cents euros de l'interview.

Auteur – On avait dit qu'on partageait.

Visiteuse – Vous l'avez dit vous-même : maintenant vous êtes un auteur à succès.

Auteur – D'accord. Alors au boulot.

Visiteuse – Je prendrais bien une camomille, finalement...

Auteur – Franchement, je vous le déconseille... Je la stockais juste à côté de l'arsenic... Mais si vous voulez un truc d'auteur, j'ai autre chose à vous conseiller *(Il sort une bouteille de whisky.)* Voilà, la potion magique pour trouver l'inspiration. Hélas, je suis tombé dedans quand j'étais petit, et elle ne fait plus effet sur moi...

Visiteuse – Bon... *(Elle se sert un verre, le vide cul sec, et fait la grimace, en regardant l'étiquette.)* Du whisky suédois ? Vous n'essayez pas de m'empoisonner, moi aussi ?

Author – This crook knew before I did that I was going to win the award, so he sent me a contract to sign immediately that would grant him exclusive rights to my next play. And for a paltry five hundred pounds! When he knew damn well that the kind of publicity the award would draw would turn me into a successful author. What were you saying about ethics again?

Visitor – I have to say, when it comes to ethics... I don't have that much experience.

Author – And don't get me started on this ridiculous interview scenario to convince me to get back to work.

Visitor – When you look at it that way...

Author – So, are you going to write the play or not?

Visitor *(after thinking for a moment)* – All right... but I also want the two hundred pounds for the interview.

Author – I thought we agreed to share.

Visitor – You said so yourself: you're now a successful author.

Author – All right. Get to work, then.

Visitor – I'll have that chamomile now, I think...

Author – To be honest, I don't recommend it... I keep it next to the arsenic... but if you want a writer's tip, I can recommend something else. *(He pulls a bottle of whiskey and puts it on the table.)* That right here is the magic potion that conjures up inspiration. Unfortunately, I built up a tolerance...

Visitor – Why not... *(She pours herself a glass, downs it in one, and pulls a face. She looks at the label.)* Swedish whiskey? Are you trying to poison me too?

Auteur – Pas avant que vous n'ayez fini d'écrire cette pièce *(Il lui tend un stylo.)* Je vous confie solennellement mon stylo Mont Blanc. Que la force soit avec vous. Il y a du papier sur la table. Asseyez-vous, et écrivez.

Visiteuse *(s'asseyant)* – Même n'importe quoi, je ne suis pas sûre pas de pouvoir écrire tout un bouquin...

Auteur – C'est juste une pièce de théâtre ! À partir d'une cinquantaine de pages, ça peut faire illusion.

Visiteuse – Cinquante pages ?

Auteur – Considérez que vous passez le bac, et que c'est une dissertation un peu plus longue que les autres...

Elle le regarde, embarrassée.

Visiteuse – Le bac...?

Auteur – Vous n'avez pas le bac, j'aurais dû m'en douter.

Visiteuse – J'aurais pu l'avoir, mais j'ai raté mon train.

Auteur – Disons c'est une très longue lettre, alors.

Visiteuse – J'ai surtout l'habitude d'écrire des SMS...

Auteur – Ce sont des dialogues ! Vous revenez à la ligne à la fin de chaque phrase, et vous sautez une ligne à chaque fois. La moitié d'une pièce de théâtre, vous savez, c'est ce qu'il y a entre les lignes. C'est du blanc !

Visiteuse – C'est sûrement pour ça qu'on vous appelle Dentreligne...

Auteur – Voilà ! On écrira cette pièce à quatre mains. Vous écrivez les lignes, je me charge des entrelignes...

Visiteuse – Et c'est vous qui signez le tout.

Auteur – Si vous croyez que c'est Michel-Ange qui a peint tous les tableaux qu'il a signés. Il avait du personnel, lui aussi. Il passait juste le dernier coup de polish.

Visiteuse – Tout de même, je ne suis pas écrivain.

Author – Not before you've finished writing this play. (*He hands her a pen.*) You are now the official curator of my Mont Blanc pen. May the force be with you. There's paper on the table. Sit down and write.

Visitor *(sitting down)* – I'm not sure I can write a whole book, even writing just anything…

Author – It's just a play! Fifty pages and we can fool anyone.

Visitor – Fifty pages?

Author – Think of it as sitting your A Levels and you're writing a rather long essay...

She looks at him, embarrassed.

Visitor – A Levels…?

Author – You don't have any A Levels. Of course you don't.

Visitor – I could have gotten them, but I missed my train.

Author – Look at it like a very long letter then.

Visitor – I mostly write tweets…

Author – A play is all dialogue! You start a new line at the end of each sentence, and you skip a line every time. Half of what makes a play is what's in between the lines... It's mostly blank paper!

Visitor – That must be why they call you Letterman…

Author – There you go, we'll write this play with four hands: I'll give you the letters and you put them in the correct order.

Visitor – And you sign the whole thing.

Author – Do you think Michael Angelo painted all the pictures he signed? He had staff, too. He just added a few details at the end.

Visitor – Still, I'm not a writer.

Auteur – Mais tout le monde peut être écrivain ! Surtout dramaturge. La preuve, il n'y a aucune école pour ça. C'est un des rares métiers, avec livreur de pizzas et psychanalyste, qu'on peut faire sans aucun diplôme. Et encore, pour livreur de pizzas je ne suis pas sûr. Il faut quand même savoir conduire un scooter.

Visiteuse – Tout de même, c'est du boulot.

Auteur – Avec une seule cartouche de stylo, vous écrivez une pièce de théâtre. Pour un roman, il en faudrait quatre ou cinq.

Visiteuse – Bon...

Auteur – C'est un métier de feignant, je vous dis. C'est bien simple, plus branleur que dramaturge, il n'y a que poète. Les mecs, ils écrivent cinq lignes de trois mots chacune sur une page avec plein de blanc autour, et tout le monde crie au génie.

Visiteuse – Ah oui, je me demande si je n'aurais pas préféré être le nègre d'un poète, finalement.

Auteur – Ah non, mais là, je vous arrête tout de suite. Il ne faut pas rêver, non plus. On n'a jamais vu un poète avoir les moyens de se payer un nègre, même à crédit.

Visiteuse – Bon... Je ne sais pas trop par où commencer...

Auteur – Le début, c'est toujours ce qu'il y a de plus dur, évidemment. Surtout pour une comédie.

Visiteuse – Ah, parce que c'est une comédie.

Auteur – Une comédie de boulevard, oui. Du Boulevard Beaumarchais, en tout cas.

Visiteuse – C'est drôle... Je ne vous imagine vraiment pas en auteur comique.

Auteur – C'était il y a très longtemps. Et puis pourquoi croyez-vous que j'ai besoin d'un nègre aujourd'hui.

Visiteuse – Je ne sais pas si je vais réussir à être drôle, moi.

Author – But everyone can be a writer! And a playwright even more so. It's so easy they don't even have degrees for it. It's one of the few jobs, along with pizza delivery and psychoanalyst that you can't get a degree in. Actually, I'm not sure about pizza delivery, you need to drive a moped.

Visitor – But it's still a lot of work.

Author – You can write a play with a single cartridge. For a novel, you'd need four or five.

Visitor – OK...

Author – It's the world's laziest job, take my word for it. Unless you count poets. Wankers write five lines of three words each on a page and lots of space around and they're geniuses.

Visitor – Maybe I should be ghost-writing for a poet then.

Author – Good luck with that. There isn't a universe where poets can afford to pay ghost-writers, even in instalments.

Visitor – All right... I'm not sure where to start though...

Author – The beginning is always the hardest, of course. Especially in comedy.

Visitor – Oh, we're writing a comedy.

Author – Yes, a boulevard comedy. Or maybe just a high street comedy.

Visitor – Funny... I still can't picture you as a comedy writer.

Author – It was a long time ago. Why do you think I need a ghost-writer now?

Visitor – I don't know if I can be funny.

Auteur – Je ne vous demande pas d'être drôle volontairement. Misez sur votre comique naturel...

Visiteuse – Ça ne m'aide pas beaucoup.

Auteur – Je ne sais pas, moi. Il n'y a pas quelqu'un que vous auriez envie de tuer ?

Visiteuse – De tuer ?

Auteur – La comédie, ça sert à ça ! La loi vous interdit de vous débarrasser de votre belle-mère, alors vous écrivez une pièce pour vous payer sa tête sur un plateau.

Visiteuse – Je ne suis pas mariée. Vous avez une belle-mère, vous ?

Auteur – Je n'en ai plus, hélas. Ma femme m'a quitté. J'en serais presque à la regretter, ma belle-mère. C'est vous dire à quel point je suis déprimé. Comment voulez-vous écrire une bonne comédie dans ces conditions ?

Visiteuse – Je ne sais pas... Laissez-moi réfléchir... Ah si... Je détestais ma sœur.

Auteur – Ah, c'est bien ça...

Visiteuse – Malheureusement, elle est morte... J'imagine que pour une comédie...

Auteur – Ça dépend, il y a aussi des morts très drôles. Elle est morte comment, votre sœur ?

Visiteuse – Elle est morte d'un cancer.

Auteur – Ah oui, mais là... Non... C'est très difficile de faire rire avec le cancer. Surtout quand ça concerne quelqu'un de la famille.

Visiteuse – Ah oui ? Merde... Ce n'est pas de chance...

Author – I don't expect you to be intentionally funny. We're aiming for natural comedy...

Visitor – That's not helping.

Author – Let's see... Is there someone you'd like to kill?

Visitor – Kill?

Author – That's the point of comedies! It's illegal to kill your mother-in-law, so you write a play where you roast her.

Visitor – I'm not married. Do you have in-laws?

Author – Not any more, unfortunately. My wife left me. Some days I find myself almost missing my in-laws, that's how depressed I am. How am I supposed to write a good comedy in these conditions?

Visitor – I don't know... Let me think... Oh, right... I used to hate my sister.

Author – Good, that's a start...

Visitor – Unfortunately she died... I'm guessing that as far as comedies go...

Author – It depends, some deaths can be hilarious. What did your sister die of?

Visitor – Cancer.

Author – I see. No... That's not going to work, I'm afraid. It's very difficult to joke about cancer. Especially when it affects a family member.

Visitor – Oh, really? Crap... That's unfortunate...

Auteur – Il y a des sujets, comme ça, totalement réfractaires à la comédie. On ne sait pas très bien pourquoi. Ça doit être le côté longue maladie. Au théâtre, les morts les plus drôles sont toujours les plus courtes. Un type raconte que sa femme est passée sous un train en revenant de chez le coiffeur, on a déjà envie de rire. Le même raconte qu'elle est morte d'un cancer de la vésicule après trois ans de chimio, ça ne fait rire personne. Allez savoir pourquoi ? C'est comme ça.

Visiteuse – Bon...

Auteur – Maintenant, si vous avez envie d'essayer...

On sonne à la porte.

Visiteuse – Vous attendez quelqu'un d'autre ?

Auteur – Ça doit être le coursier. Il devait repasser pour prendre le contrat signé. Vous me prêtez le stylo ?

Il prend le contrat

Visiteuse *(inquiète)* – Vous êtes sûr ?

Auteur – Je ne sais pas pourquoi, mais je crois en vous... *(Il signe le contrat, et lui rend le stylo.)* Si vous avez une idée pendant que je suis avec le coursier, n'hésitez pas.

Il sort. Le portable de la visiteuse sonne, et elle prend l'appel.

Visiteuse – Oui... Non, je suis encore avec lui... Oui, oui, ne vous inquiétez pas, il vient de signer le contrat... Bon, il faut que je raccroche, là... OK, je vous rappelle...

Elle range son téléphone. L'auteur revient.

Auteur – Bon... Et bien maintenant, on n'a plus le choix. Je viens de vendre votre âme au diable pour cinq cents euros. Même dans vos rêves les plus fous, vous n'auriez jamais espéré en tirer un aussi bon prix.

Visiteuse – Ce n'est pas très glorieux, tout ça... Moi qui vous prenais pour un auteur engagé...

Author – It's one of those subjects that are incompatible with comedy. I'm not sure why. Maybe it's the part about the long illness. On stage, the funniest deaths are always the quickest. If a man talks about his wife getting hit by a train on her way back from her pilates class, everyone's laughing and he hasn't even finished the story. If he talks about how she died of colon cancer after three years of chemo, no one's laughing. Go figure.

Visitor – OK...

Author – Having said that, if you want to give it a try...

The doorbell rings.

Visitor – You're expecting someone else?

Author – It must be the courier guy. He said he'd come back for the signed contract. Can I have that pen?

He takes the contract.

Visitor (*worried*) – Are you sure?

Author – I don't know why but I believe in you... (*He signs the contract and hands her the pen.*) If you feel an idea coming on while I talk to the courier guy, don't wait for me, just start writing.

He leaves the room. The visitor's mobile phone rings and she takes the call.

Visitor – Yes... No, I'm still with him... Yes, yes don't worry, he just signed the contract... Listen, I can't talk now... OK, I'll call you back...

She puts her phone away. The author returns.

Author – Right... So now we can't turn back. I just sold your soul to the devil for five hundred pounds. Even in your wildest dreams you wouldn't get such as good deal.

Visitor – There's nothing to brag about... I thought you had a stronger moral fiber...

Auteur – Vous savez, la plupart des auteurs continuent à écrire pour payer les impôts de l'année dernière, avec les avances qu'ils ont touchées sur les bouquins qu'ils écriront l'année prochaine. Le jour où les impôts seront prélevés à la source, vous verrez que la rentrée littéraire sera beaucoup plus calme.

Visiteuse – Je ne sais pas, je n'ai encore jamais été imposable de ma vie.

Auteur – Vous avez bien de la chance... Quand on a mis le doigt dans l'engrenage, on ne peut plus s'en sortir. Alors, où est-ce qu'on en était ?

Visiteuse – Nulle part, j'en ai peur.

Auteur – Oui, c'est bien ce que je craignais.

Visiteuse – Et si on écrivait l'histoire d'un auteur qui a perdu l'inspiration ?

Auteur – Je vois... Une nana sonne à sa porte, et elle prétend être journaliste...

Visiteuse – Pourquoi pas ?

Auteur – Le théâtre dans le théâtre... Je m'étais promis de ne jamais tomber aussi bas...

Visiteuse – Vous avez dit qu'on pouvait écrire n'importe quoi !

Auteur – Bon... Et comment ça se finirait ?

Visiteuse – Ça... Je ne sais déjà pas comment ça pourrait continuer...

Auteur – Je vous ressers un autre whisky...

Il joint le geste à la parole.

Visiteuse – Je ne sais pas si...

Auteur – Allez, buvez !

L'autre vide le verre d'un trait.

Visiteuse – Je ferais bien une petite sieste. Je suis sûre que les idées me viendraient plus facilement en dormant.

Author – You know, most authors only write so they can pay last year's taxes with the advances they get for the books they'll write next year. If authors are ever made to join Pay As You Earn, there's going to be a whole lot less books written.

Visitor – I wouldn't know, I've never earned enough to pay taxes.

Author – Lucky you... Taxes are a downward spiral, stay out of the system as long as you can. Where were we?

Visitor – Nowhere, I'm afraid.

Author – Yes, that's what I feared.

Visitor – What if we wrote the story of a writer with severe writer's block?

Author – I see... And then this bird knocks at his door, and she pretends to be a journalist...

Visitor – Why not?

Author – Theatre in theatre... I swore I would never fall that low...

Visitor – But you said we could write anything!

Author – I did... And how would it end?

Visitor – I don't know... I'm not even sure where it goes after that...

Author – Have another glass...

He does as he says and pours her another whisky.

Visitor – I don't know if...

Author – Bottoms up!

She downs the shot.

Visitor – I think I'll take a quick nap. I'm sure ideas will come to me more easily while I'm asleep.

Auteur – Eh ! Je ne vous paye pas pour dormir !

Visiteuse – Pour l'instant, vous ne m'avez encore rien payé du tout... D'ailleurs vous avez raison, je me demande si une petite avance, ça ne me motiverait pas un peu...

Auteur – Même si je voulais, je doute que le Crédit Mutuel m'accorde un nouveau découvert pour vous faire des avances... Et puis vous êtes nulle, comme nègre ! Je vous dis d'écrire n'importe quoi, et vous n'êtes même pas fichue de le faire !

Visiteuse – Je tiens à ma réputation, moi aussi ! Je n'ai pas envie de me couvrir de ridicule en publiant n'importe quoi...

Auteur – Mais votre nom n'apparaîtra même pas ! C'est moi qui signerai !

Visiteuse – Peut-être, mais moi je saurai qui a vraiment écrit ça. On a son amour propre, tout de même.

Auteur – Très bien. Personne ne vous interdit d'écrire un chef d'œuvre, non plus.

Visiteuse – Et pourquoi pas ? Je suis peut-être moins conne que vous ne le pensez, finalement.

Auteur – Allez-y, étonnez-moi...

Visiteuse – Ouais... Mais avec tous ces apéritifs que vous m'avez servis, je commence à avoir faim, moi. Vous n'avez pas un truc à becqueter ?

Auteur – Je vous ai engagée pour une séance de travail, pas pour un apéro dînatoire.

Visiteuse – Vous savez ce qu'on dit : la faim est mauvaise conseillère.

L'auteur sort un paquet de biscuits et le tend à la visiteuse.

Auteur – Tenez, il me reste quelques Pépitos.

Visiteuse – Merci. *(Elle commence à en manger un.)* Ils sont un peu ramollis, vos Pépitos.

Author – Oi! I'm not paying you to sleep!

Visitor – You haven't paid me anything yet... Actually, speaking of payment, a small advance might motivate me...

Author – Even if I wanted to, I doubt the Coop Building Society would agree to increase my overdraft... My god, you're really no good as a ghost-writer! I told you to write anything and you can't even do that!

Visitor – I have a reputation too, you know! I don't want to become a laughing stock by publishing just anything...

Author – But no one will know your name! I will sign the book!

Visitor – That may be so, but I'll know who really wrote it. There is such as thing as self respect, you know.

Author – Fine. No one is stopping you from writing a masterpiece.

Visitor – You don't think I can? I'm not as stupid as you think I am.

Author – Go on then, surprise me...

Visitor – Yeah... But with all that whiskey you gave me, I'm getting peckish. Do you have anything to eat?

Author – I hired you to write, not to attend a cocktail party.

Visitor – You know what they say: hunger is poor counsellor.

The author finds a packet of biscuits and gives it to the visitor.

Author – Here, I have a few chocolate digestives left.

Visitor – Thank you. (*She starts to eat one.*) They're a little soft.

Auteur – Vous voulez que j'aille vous en acheter des plus frais ?

Visiteuse – Ça ira... *(Elle engouffre un deuxième Pépito.)* J'ai une idée !

Auteur *(sursautant)* – Vous m'avez presque fait peur...

Visiteuse – Un mec aime une fille, mais leurs familles se détestent.

Auteur – C'est *Roméo et Juliette*.

Visiteuse – Un mec aime une fille, mais son père tue accidentellement celui de la fille.

Auteur – *Le Cid*.

Visiteuse – Un mec aime une fille mais en réalité c'est un homme.

Auteur – *Certains l'aiment chaud*.

Visiteuse – Tiens, je ne la connais pas, cette pièce-là.

Auteur – C'est un film.

Visiteuse – Vous êtes sûr ?

Auteur – Certain.

Visiteuse – Un mec aime un mec mais en réalité c'est une fille.

Auteur – *Victor Victoria*.

Visiteuse – Une femme aime une femme mais en réalité c'est un homme.

Auteur – *Tootsie*.

Visiteuse – Putain... Je ne pensais pas que c'était si difficile que ça d'être un auteur contemporain. Tout a déjà été écrit, alors...?

Auteur – Tout...

Visiteuse – Et surtout le meilleur, j'imagine...

Auteur – Ils se sont goinfrés et ils ne nous ont laissé que les miettes.

Author – Would you like me to drop everything to go to the shops and buy fresh ones?

Visitor – No, they'll do... (*She stuffs a second biscuit in her mouth.*) I have an idea!

Author (*jumping*) – You almost scared me...

Visitor – Boy loves girl, but their families hate each other.

Author – That's *Romeo and Juliet*.

Visitor – Boy loves girl, but they both end up marrying other people.

Author – *Wuthering Heights*.

Visitor – Boy loves girl but it's really a man.

Author – *Some like it hot*.

Visitor – Never heard of this play.

Author – It's a film.

Visitor – Are you sure?

Author – Quite sure.

Visitor – A man loves another man but it's really a girl.

Author – *Victor Victoria*.

Visitor – A woman loves another woman but it's really a man.

Author – *Tootsie*.

Visitor – Bloody hell... I didn't think it would be so difficult to be a contemporary writer. Has everything already been written then…?

Author – Everything…

Visitor – All the good stories for sure…

Author – They stuffed their faces and now we're left with the crumbs.

Visiteuse – Les salopards.

Auteur – Shakespeare, Corneille... C'était facile, pour eux... Rien n'avait été écrit avant eux. Les bonnes idées, il n'y avait qu'à se baisser pour les ramasser. Alors celui qui n'était pas analphabète comme la plupart de ses contemporains, il avait une bonne chance de passer à la postérité.

Visiteuse – C'est vrai que s'il y avait encore la place pour un Molière aujourd'hui, on s'en serait déjà rendu compte...

Auteur – C'est bien pour ça que je ne me sens plus d'écrire un chef d'œuvre, et que je vous demande seulement d'écrire n'importe quoi.

Un temps.

Visiteuse – Je vais reprendre un whisky, finalement.

Elle boit au goulot avec avidité.

Auteur – Allez-y doucement tout même...

Elle pousse un soupir de satisfaction en reposant le bouteille.

Visiteuse – Ça y est, j'ai trouvé !

Auteur – Vraiment ?

Visiteuse – Et celle-là, je vous mets au défi de me dire que c'est du Racine ou du Feydeau.

Auteur – Je vous écoute.

Visiteuse – Un couple reçoit une amie qui vient de perdre son mari dans un accident d'avion, et en même temps qu'ils essaient de consoler la veuve, ils apprennent qu'ils ont gagné au loto.

Auteur – Excellent ! Bravo...

Visiteuse – Ah, vous voyez, quand je veux.

Auteur – C'est le sujet de ma première pièce.

Visiteuse – Ah oui...

Auteur – Celle que vous n'avez pas lue.

Visitor – Mother fuckers.

Author – Shakespeare, Chekov... They had it easy... Nothing had been written then. Good ideas were just lying around for the picking. Anyone who could read and write was miles ahead of everyone else and had a pretty good shot at posterity.

Visitor – That's true. If there was room for another Shakespeare today we'd know about it.

Author – That's why I'm not even attempting to write a masterpiece, and I'm only asking you to just write anything.

A time.

Visitor – I'll take that whiskey in the end.

She drinks it thirstily straight from the bottle.

Author – Maybe you should slow down a little...

She sighs satisfactorily as she puts the bottle down.

Visitor – I got it!

Author – Really?

Visitor – Let's see you link that one to Christopher Marlowe or George Bernard Shaw.

Author – I'm all ears.

Visitor – A couple are having a friend over for dinner whose husband just died in a plane crash. And while they're consoling her, they find out they won the lottery.

Author – Excellent! Bravo...

Visitor – See, when I try.

Author – That's my first play.

Visitor – Oh yes...

Author – The one you haven't read.

Visiteuse – Les grands esprits se rencontrent...

Auteur – Oui, si vous étiez née avant moi, vous auriez pu l'écrire, cette pièce. D'ailleurs, c'est mon best-seller...

Visiteuse – J'ai dû lire le résumé sur l'Officiel des Spectacles...

Auteur – J'ai arrêté d'écrire le jour où j'ai commencé à me plagier moi-même.

L'enthousiasme retombe. Un temps.

Visiteuse – Il n'y a plus de Pépitos ?

Auteur – Vous les avez tous bouffés !

Visiteuse – Ouais, le paquet était déjà ouvert. Je préfère ne pas savoir depuis combien de temps, d'ailleurs. J'espère que je ne vais pas avoir une intoxication alimentaire...

Auteur – Vous n'aurez qu'à vous mettre en arrêt-maladie. Mais je vous préviens, nous les auteurs, quand on est malade et qu'on ne travaille pas, on ne touche aucune indemnité. Alors les nègres, vous pensez bien...

Visiteuse – En tout cas, pour l'instant, j'ai toujours les crocs, moi.

Auteur – Vous ne pensez vraiment qu'à bouffer, vous ?

Visiteuse – En général, ce sont les gens qui n'ont jamais vraiment eu faim qui disent ça.

Auteur – OK, je vais aller voir ce qui me reste dans le frigo...

Visiteuse – Une dernière chose...

Auteur – Quoi encore ?

Visiteuse – Je n'aime pas trop ce terme de... nègre.

Auteur – Tiens donc ?

Visiteuse – Oui, je trouve ça dégradant.

Auteur – Dégradant ? Pour qui ?

Visiteuse – Pour moi !

Visitor – Great minds and all that...

Author – Indeed, had you been born before me you could have been the one to write it. It's actually my most popular play...

Visitor – I must have read about it in *Time Out*.

Author – I stopped writing the day I started to plagiarise myself.

The enthusiasm dies down. A time.

Visitor – Any more chocolate digestives left?

Author – You scoffed them all!

Visitor – The paquet was already opened. I'd rather not know for how long, either. I hope I don't get food poisoning.

Author – If you do, just call in sick. But you do realise that us authors don't get sick leave… when we don't work we don't get paid. So for ghost-writers, imagine...

Visitor – Whatever. I'm still hungry.

Author – You're obsessed with food, aren't you?

Visitor – Only someone who has never really known hunger would say something like that.

Author – All right, I'll go and see if I can find something in the fridge...

Visitor – One more thing...

Author – What now?

Visitor – I don't like this word... ghost-writer.

Author – You don't?

Visitor – I find it offensive.

Author – Offensive? For who?

Visitor – For me!

Auteur – Bon, alors je vous appelle comment ? Doublure auteur ? Après tout, les comédiens vedettes se font bien remplacer pour les scènes qu'ils n'ont pas envie de tourner. Pourquoi les auteurs n'auraient pas une doublure pour les scènes qu'ils n'ont pas envie d'écrire...

Visiteuse – Je ne sais pas, moi... Officiellement, je pourrais être... votre secrétaire particulière.

Auteur – Ma secrétaire particulière ?

Visiteuse – Si on sort ensemble et que vous avez à me présenter, vous n'allez pas dire, tenez, voilà mon nègre.

Auteur – J'avoue que... je n'avais pas encore envisagé la possibilité qu'on sorte ensemble...

Visiteuse – En tout cas... Il me faut une couverture, non ?

Auteur – Une couverture ?

Visiteuse – D'ailleurs, à propos de couverture... Un nègre qui travaille au noir... Ce n'est pas très légal, tout ça. Ce serait bien que j'ai aussi une couverture sociale. Et puis il faut que je pense à ma retraite, moi...

Auteur – Vous ne voulez pas des tickets-restaurant, aussi ?

Visiteuse – OK... Va pour secrétaire particulière.

Auteur – C'est ça. Et pour les tickets-restaurant, je vais voir s'il reste un bout de camembert dans le frigo...

Il s'apprête à sortir. Le téléphone sonne. La visiteuse décroche, à la surprise de l'auteur.

Visiteuse – Secrétariat de Charles Dentreligne, j'écoute ?

L'auteur fait signe qu'il ne veut pas prendre l'appel.

Author – So what do you want to be called? Stand-in writer? Famous actors have stand-ins for the scenes they don't want to shoot. Authors could have stand-ins for the scenes they don't want to write...

Visitor – I don't know... How about... personal assistant?

Author – Personal assistant?

Visitor – When we're out and about and you have to introduce me, you can't very well say, and this is my ghost.

Author – I have to admit... I hadn't considered the possibility of us going out together...

Visitor – In any case... I need a cover, don't I?

Author – A cover?

Visitor – Speaking of cover... A ghost-writer who moonlights... that's not very legit. I'd like to be able to claim benefits. I have to think of my future.

Author – But of course, and what about pension contributions while you're at it?

Visitor – Fine... Let's start with personal assistant.

Author – Right. And in lieu of pension contributions I'll go and see if there's a piece of cheddar in the fridge.

He is about to leave the room when the phone rings. The visitor picks up, to the author's surprise.

Visitor – This is the office of Charles Letterman. How can I help you?

The author signals that he doesn't want to take the call.

Visiteuse – Ah, non, désolée, je ne peux pas vous le passer pour le moment... Pourquoi ? Mais... parce qu'il est mort. Ah oui, ça j'en suis sûre. Le médecin légiste est là, justement, et croyez-moi, ce n'est pas beau à voir. Ah oui ? Non... Si, si, bien sûr, c'est une bonne nouvelle, mais... dans ce cas, ce sera à titre posthume. Bon, désolée, il va falloir que je vous laisse, l'autopsie va commencer... C'est ça, bonjour chez vous.

L'auteur reste un instant stupéfait.

Auteur – C'était qui ?

Visiteuse – Jean-Paul Tristounet, le Président des Écrivains Assistés du Théâtre. Apparemment, il est question que le Ministre de la Culture vous remette la Médaille de Chevalier des Arts et des Lettres.

Auteur – Et vous lui avez dit que j'étais mort ?

Visiteuse – Vous ne vouliez pas lui parler... C'est la première chose qui m'est venue à l'esprit.

Auteur – Ah oui...

Visiteuse – Et puis il faut être réaliste. Je ne suis pas près de l'écrire, cette pièce. Et vous non plus.

Auteur – Et alors ?

Visiteuse – Alors si vous êtes mort, votre agent n'osera jamais vous réclamer les cinq cents euros qu'il vous a donnés pour une pièce que vous n'avez pas écrite.

Auteur – Mort... Ce n'est pas un peu excessif, comme excuse pour ne pas avoir à rembourser cinq cent euros ?

Visiteuse – J'ai aussi une autre idée en tête...

Auteur – Eh bien vous voyez, quand vous voulez...

Visiteuse – Si vous êtes mort, et par dessus le marché avec un Prix Littéraire et une médaille posthume, vous allez redevenir célèbre !

Auteur – Je vous avais mis au défi de m'étonner, mais là j'avoue que je suis scotché...

Visiteuse – Merci.

Visitor – Oh, I'm sorry, he can't come to the phone at the moment... Why? Well... because he's dead. Yes, pretty sure. The doctor was just here, and believe me, it's not a pretty sight. Oh yes? No... Yes, yes of course, it's good news, but... in that case it will have to be posthumously. Listen, I'm sorry but I have to go, the autopsy is about to start... And the same to you.

The author stands frozen, stunned.

Author – Who was it?

Visitor – John Frowner, president of Subsidised Starving Playwrights. Apparently, you're being considered for an O.B.E. by the Ministry of Culture.

Author – And you told him I was dead?

Visitor – You didn't want to talk to him... It's the first thing that came to mind.

Author – I see...

Visitor – Oh come on, let's get real. I'm not going to write this play, and neither are you.

Author – So?

Visitor – So if you're dead, your agent won't come and ask you to pay back the five hundred pounds he gave you for a play you haven't written.

Author – But dead...? Isn't that a little... extreme to avoid paying back five hundred pounds?

Visitor – It's part of this plan I have...

Author – See, when you put your mind to it...

Visitor – Between your death, the award and now the O.B.E., you'll be famous again!

Author – I know I asked you to surprise me, but you've exceeded all expectations...

Visitor – Thank you.

Auteur – Ce n'était pas forcément un compliment. Il y a plusieurs façons d'étonner les gens, vous savez ?

Visiteuse – Vous avez de la famille ?

Auteur – Je n'avais que ma femme. Mais je ne suis pas sûr qu'elle me considère encore comme quelqu'un de sa famille.

Visiteuse – Alors somme toute, vous êtes seul dans la vie. Pas de femme, pas de famille, pas d'amis... Ce prix et cette médaille, je pourrais aller les chercher à votre place.

Auteur – Bon voyons... Je vous propose un boulot de nègre, vous n'êtes pas foutue d'écrire une ligne, et maintenant, vous allez recueillir en mon nom tous les honneurs qui me sont dus. Vous ne voulez pas mon code carte bleue, aussi ?

Visiteuse – Je me demande si ce ne serait pas plus prudent. Je veux dire, vous êtes supposé mort.

Auteur – Je peux toujours démentir.

Visiteuse – Réfléchissez cinq minutes. Pour l'instant, vous avez tout à gagner à rester mort.

Auteur – Vous trouvez ?

Visiteuse – Je vous fiche mon billet que demain, on parlera de vous dans les journaux. Peut-être pas en première page, il ne faut pas rêver. Mais tout d'un coup, *Le Figaro Littéraire* se souviendra de vous, c'est certain.

Auteur – Pouvoir lire ma nécro dans le journal de mon vivant, c'est vrai que c'est tentant.

Visiteuse – Tout le monde va dire que vous étiez un grand auteur. Vos bouquins vont se vendre comme des petits pains... au moins pendant un jour ou deux.

Auteur – Vous croyez ?

Visiteuse – Je ne suis pas journaliste, mais grâce à mon idée, vous allez être dans le journal !

Auteur – Bon, et maintenant, qu'est-ce qu'on fait ?

Author – It wasn't meant as a compliment. There's more than one way to surprise people.

Visitor – Do you have any family?

Author – Only my wife. And I'm not sure she considers me family anymore.

Visitor – So basically you're alone. No wife, no family, no friends... This award and this medal, I could receive them in your name.

Author – But of course... I hire you as a ghost-writer, you can't write a single line, and now you want to receive all the awards I won. Do you want my pin code too?

Visitor – Actually, that might be best. After all, you're supposed to be dead.

Author – I could always come clean.

Visitor – Think about it. At the moment, you've got everything to gain by pretending to be dead.

Author – How do you figure?

Visitor – I bet that by tomorrow you'll be all over the papers. Probably not the front pages, let's be real. But all of a sudden, *The New Yorker* will remember who you are.

Author – Being able to read my own obituary in the papers... tempting.

Visitor – Everyone will say you were a great author. Your books will sell like hot cakes... maybe even until the end of the week.

Author – You think so?

Visitor – I may not be a journalist, but I'll still get you in the papers!

Author – Right, so what do we do now?

Visiteuse – Vous, vous faites le mort, et moi... je prends vingt pour cent sur vos droits d'auteur.

Auteur – Mon agent ne me prenait que dix !

Visiteuse – Mais avec lui, vous ne vendiez pas un bouquin, et vos pièces ne se montaient jamais.

Auteur – Et moi qui m'étais presque fait à l'idée de prendre ma retraite.

Visiteuse – Votre retraite ?

Auteur – J'ai décidé de supprimer peu à peu tout sujet de contrariété. Je n'écris plus. Je parle le moins possible. Je ne fais plus part de mes opinions à personne. J'essaie même dans la mesure du possible de ne plus avoir d'opinion du tout.

Visiteuse – Et vous pensez vraiment pouvoir faire ça ?

Auteur – Ne plus avoir d'opinion ?

Visiteuse – Prendre votre retraite ! Vous êtes sûr d'en avoir les moyens ?

Auteur – D'après le Crédit Mutuel, il semblerait que ce soit discutable...

Visiteuse – Eh bien moi, je vous propose mieux que d'être à la retraite, je vous propose d'être mort !

Auteur – C'est vrai que c'est tentant mais... Je me demande si je ne vais pas prendre cinq minutes pour peser le pour et le contre, tout de même.

Le téléphone sonne. L'auteur s'apprête à répondre machinalement. La visiteuse l'en empêche.

Visitor – You play dead, and... I'll take twenty per cent of your royalties.

Author – My agent only took ten!

Visitor – But with him you weren't selling anything, and your plays were never produced.

Author – And to think I was getting used to the idea of retiring.

Visitor – Retiring?

Author – I had already started to remove everything from my life that upset me. I don't write. I talk only when necessary. I don't share my opinions with anyone and I am working on not having any opinions at all.

Visitor – Do you really think you could do that?

Author – Not have any opinions?

Visitor – Retire! Are you sure you can afford it?

Author – According to the Coop Building Society, it seems it's debatable...

Visitor – What I'm offering is better than retirement, I am offering death!

Author – It's tempting for sure, but... If it's okay with you I think I'll take a few minutes to think about it first.

The phone rings again. The author is about to answer out of habit. The visitor stops him.

Visiteuse – Vous êtes fou ! Je vous rappelle que vous êtes un auteur mort. *(Elle répond.)* Allô, oui ? Le Crédit Mutuel ? Non, désolée, Monsieur Dentreligne vient de mourir. Oui, il s'est suicidé... en avalant un litre de Destop. C'est ça, ce produit pour déboucher les toilettes... Un énorme trou dans l'estomac, ce n'était pas beau à voir. La soude, c'est très caustique. C'est vrai, lui aussi était très caustique... Pourquoi ? Oh, vous savez, les artistes... Et puis vous êtes bien placé pour savoir qu'il était criblé de dettes. C'est le moyen qu'il aura trouvé pour échapper à ses créanciers. Non, bien sûr, l'argent, ce n'est pas le plus important... En tout cas, merci d'avoir appelé... C'est ça. Au revoir. Bien sûr, je transmettrai vos condoléances à la famille...

La visiteuse raccroche. L'auteur la regarde, stupéfait.

Auteur – Vous avez du mal à démarrer, mais quand vous êtes lancée, vous, on ne vous arrête plus ! Alors comme ça, maintenant, je me suis suicidé.

Visiteuse – Je me suis dit que pour un écrivain, ce serait plus romantique qu'un infarctus ou un cancer du colon.

Auteur – Plus romantique ? En avalant un litre de Destop ?

Visiteuse – J'ai improvisé... C'est tout ce qui m'est venu à l'esprit.

Auteur – Improviser... À l'avenir, je vous demanderai de vous en tenir à votre texte !

Visiteuse – Mais je n'en ai pas, de texte ! Vous êtes incapable d'écrire quoi que ce soit !

Auteur – Ça va... Ce n'est pas la peine d'être désagréable, non plus... Bon... Donc, je me suis suicidé... C'est vrai que ces temps-ci, j'étais un peu dépressif.

Visiteuse – Ah, vous voyez !

Auteur – Et maintenant, qu'est-ce qu'on fait ? On m'organise des funérailles nationales ?

Visitor – Are you crazy! You're supposed to be dead, remember! (*She picks up.*) Hello? Yes. The Coop Building Society? No, I'm sorry, Mr Letterman has passed away. Yes. He took his own life. Yes, he killed himself... he drank a bottle of Drano... That's right, the stuff to unclog toilets. A huge hole in his stomach. Caustic soda. Yes, he could be very caustic too. Maybe that's why he chose to leave us in this manner... Why? Oh, who knows with artists... And as you're well placed to know, he was deeply in debt. It was the only way to avoid bankruptcy. Yes, of course there are things more important than money, I'm glad to hear you say that... In any case, thank you for calling... That's right. Good bye. Of course, I'll pass on your condolences to his family.

The visitor hangs up. The author looks at her, stunned.

Author – It takes a while to get you started, but once you're warm you're unstoppable! So now I committed suicide.

Visitor – I thought it would be more romantic for a writer, better than cardiac arrest or colon cancer.

Author – More romantic? A bottle of drain cleaner?

Visitor – I improvised... that's what came to mind.

Author – Improvised... From now on, please stick to the script!

Visitor – What script? You're unable to write anything!

Author – Oh all right... There's no need to be unpleasant... OK, so I committed suicide... It's true I was feeling a little down recently.

Visitor – See?

Author – So what do we do now? Do we organise my state funeral?

Visiteuse – Un auteur qui meurt, c'est au moins 10% de ventes en plus. Un auteur qui se suicide, on peut monter jusqu'à 20%. *(Le téléphone sonne.)* On dirait que les affaires reprennent.

Auteur – En effet. Ce téléphone n'avait jamais sonné aussi souvent depuis des années...

La visiteuse répond.

Visiteuse – Secrétariat de Monsieur Dentreligne, j'écoute ? Oui Madame, en effet. Je vous le confirme, votre mari est décédé ce matin. Je vous présente toutes mes condoléances, ainsi que celles du Crédit Mutuel. D'une balle de revolver dans la tempe, c'est ça. Oui, si vous le voyiez, je ne suis pas sûre que vous pourriez le reconnaître. Avec la moitié supérieure de la tête en moins... Ce n'est pas beau à voir, je vous assure... Très bien, je lui transmettrai... Je veux dire, oui, merci... Au revoir Madame. *(Elle raccroche.)* C'était votre femme.

Auteur – Ma femme ? Mais qu'est-ce qu'elle voulait ?

Visiteuse – Vous rendre un dernier hommage, apparemment.

Auteur – Je ne l'ai pas vue depuis des années. C'est elle qui me reprochait de ne pas lui rendre hommage assez souvent...

Visiteuse – Les morts sont toujours beaucoup plus populaires que les vivants. Vous verrez, ça n'a que des avantages, d'être décédé.

Auteur – Et cette fois, vous lui avez dit que je m'étais tiré une balle dans la tempe.

Visiteuse – J'essaie de m'améliorer, vous voyez.

Le téléphone sonne.

Visitor – An author's death usually results in a 10% increase in sales, at least. For a suicide it can go up to 20%. (*The phone rings.*) Sounds like we're in business.

Author – For sure... this phone hasn't rung that much in the past ten years... combined.

The Visitor picks up.

Visitor – This is the office of Mr Letterman. How can I help you? Yes, Madam, it is. I can confirm, your husband died this morning. Please accept my condolences, as well as those of the Coop Building Society. A bullet to the head, yes. Yes, if you saw him I'm not sure you would recognise him. Half the top of his head... It's not a pretty sight, believe me.... Very well, I'll let him know... I mean, yes, thank you... Good bye Madam. (*She hangs up.*) That was your wife.

Author – My wife? What did she want?

Visitor – Pay her respects, apparently.

Author – I haven't seen her in years. Ironically, she used to complain I wasn't showing her enough respect...

Visitor – The dead are always much more popular than the living. You'll see, there's only upsides to being dead.

Author – So now the story is that I shot myself in the head.

Visitor – I use every opportunity to improve.

The phone rings.

Visiteuse – Si ça continue, on va devoir engager une standardiste. (*Elle décroche.*) Ayant droit de Monsieur Dentreligne, j'écoute... Oui, en effet, c'est moi qui détiens les droits de toutes ses pièces. Nous nous étions mariés quelques mois avant son décès. Je suis donc son héritière directe... Oui... Oui... Oui... Oui, il venait justement de terminer une pièce qui vous étonnera. À mon avis, c'est son chef d'œuvre. Totalement inédite, oui. Oui... Oui... Oui... D'accord. Je peux prendre votre numéro ? (*Elle griffonne quelque chose sur un morceau de papier.*) Très bien, je vais étudier personnellement votre dossier, et je vous donnerai une réponse dans les plus brefs délais. C'est ça, à très bientôt.

Auteur – Alors maintenant, nous sommes mariés...

Visiteuse – C'était plus simple.

Auteur – Plus simple... ?

Visiteuse – Pour justifier le fait que c'est moi qui détiens les droits de vos pièces.

Auteur – C'est sûr.

Visiteuse – Et puis en tant que veuve, ça reste dans la famille.

Auteur – Très bien... Et... je peux quand même savoir qui c'était ?

Visiteuse – Un théâtre, qui souhaite monter votre dernière pièce à Paris.

Auteur – Un théâtre ? Quel théâtre ?

Visiteuse – J'aurais dû noter le nom tout de suite, mais vous m'avez interrompue... Ça a quelque chose à voir avec le code de la route...

Auteur – Le code de la route ?

Visiteuse – Et ça évoque en même temps l'idée d'un théâtre qui tourne en rond...

Auteur – Le Théâtre du Rond Point ?

Visiteuse – C'est ça !

Visitor – At this rate, we're going to need a receptionist. (*She picks up.*) This is Mr Letterman's beneficiary speaking, how can I help? Yes, that's right, I hold the rights to all his plays. We were married a few months before his death. That makes me his only beneficiary... Yes... Yes... Yes... Yes, he just finished a play that will surprise you. I think it's a masterpiece, if I say so myself. It hasn't been seen by anyone yet, no. Yes... Yes... Yes... Of course. Where can I reach you? (*She scribbles something on a piece of paper.*) Very well, I'll take a look at your file myself and give you my answer as quickly as I can. Yes, speak soon.

Author – So now we're married...

Visitor – It's easier that way.

Author – Easier...?

Visitor – To explain how I came to hold the rights to your plays.

Author – Of course.

Visitor – And as your widow, it stays in the family.

Author – If you say so... And can I ask who that was?

Visitor – A theatre in London, asking about producing your last play.

Author – A theatre? Which theatre?

Visitor – I was going to write it down but you interrupted me... Something to do with EastEnders...

Author – EastEnders?

Visitor – And also something to do with being young...

Author – The Young Vic?

Visitor – That's the one!

Auteur – Mais ils ne jouent que des auteurs vivants !

Visiteuse – Votre cadavre est encore chaud, on ne va pas chipoter, non ?

Auteur – Bon... Et alors, qu'est-ce que vous allez faire.

Visiteuse – Je vais commencer par les faire mariner un peu. Pour leur donner à entendre qu'ils ne sont pas seuls sur les rangs.

Auteur – C'est vous que j'aurais dû prendre comme agent...

Visiteuse – On pourrait peut-être envisager une rétrospective de l'ensemble de votre œuvre, non ?

Auteur – Pourquoi pas... Mais quand vous dites ma dernière pièce, vous voulez dire...

Visiteuse – Celle que vous n'avez pas encore écrite.

Auteur – Mais puisque je suis mort ?

Visiteuse – Vous avez entendu, je leur ai dit que vous aviez un inédit.

Auteur – Oui... Mais je n'en ai pas...

Visiteuse – Comme vous n'êtes pas vraiment mort, vous allez pouvoir l'écrire.

Auteur – Enfin puisque je vous dis que j'ai perdu l'inspiration !

Visiteuse – Ça c'était avant !

Auteur – Avant ?

Visiteuse – Avant que vous ne soyez redevenu un auteur à succès.

Auteur – Vous voulez dire un auteur mort.

Visiteuse – Aussi, oui... Maintenant que vous avez toute la mort devant vous, vous allez avoir le temps d'écrire, cette pièce. Je m'occuperai du reste.

Auteur – Excusez-moi de poser cette question mais... je vais rester mort pendant combien de temps à peu près ?

Author – But they only put on plays by living playwrights!

Visitor – Your body's still warm, surely that's good enough?

Author – Right... So what are you planning to do?

Visitor – I'm going to let them stew a little. Let them think they're not the only ones interested.

Author – You should have been my agent...

Visitor – We could even consider a retrospective of your entire body of work, what do you think?

Author – Why not... But when you say my last play, do you mean...

Visitor – The one you haven't written yet.

Author – How does that work since I'm supposed to be dead?

Visitor – You heard, I told them you had a play no one had seen before.

Author – Yes... But I don't have one...

Visitor – But since you're not really dead, you can write it.

Author – But I told you I had writer's block!

Visitor – But that was before!

Author – Before? Before what?

Visitor – Before you became a successful writer again.

Author – You mean a dead writer.

Visitor – Yes, that too... Now that you have your whole death ahead of you, you'll have plenty of time to write this play. I'll handle everything else.

Author – I'm sorry to ask you this but... I'm going to stay dead for how long? Approximately?

Visiteuse – Disons le temps d'écrire cette 124ème pièce. Après on verra.

L'auteur semble un peu dépassé par la situation.

Auteur – Bon... Je vais essayer de m'y mettre alors...

Visiteuse – Une camomille ?

Auteur – Je crois que je vais me remettre au whisky suédois... *(Il prend la bouteille et commence à sortir.)* Vous allez rester ici ?

Visiteuse – Il faut bien que quelqu'un veille le corps, et réponde au téléphone.

Auteur – J'y vais...

L'auteur sort. La visiteuse se met à l'aise, sort son portable et compose un numéro.

Visiteuse – Georges ? Cette fois, c'est bon. Je crois qu'il va l'écrire, sa 124ème pièce... OK, on y est peut-être allé un peu fort avec le Prix du Boulevard Beaumarchais et la Médaille des Chiffres et des Lettres... C'est sûr, il va être déçu en apprenant qu'il n'a ni l'un ni l'autre, mais bon... C'est pour son bien... Et puis on ne sait jamais, si sa nouvelle pièce est vraiment bonne... Oui, vous avez raison, s'il n'est pas mort avant... À ce propos, il faudra que je vous explique. J'ai dû improviser un peu...

L'auteur revient.

Auteur – Panne sèche.

Visiteuse – Pardon ?

Auteur – Je n'ai plus d'encre. Ma cartouche est vide. Et pour trouver une recharge de stylo Mont Blanc à cette heure là dans le coin...

Visiteuse – Et la machine à écrire ?

Auteur – La machine à écrire ? Elle est comme moi, je vous dis... Au bout du rouleau...

La visiteuse extrait un stylo bille de sa poche et le tend à l'auteur.

Visitor – For now, let's say long enough for you to write this 124th play. Then we'll see.

The Author appears to be a little overwhelmed by the situation.

Author – OK... So... Well... I'll get on it then...

Visitor – How about a cup of chamomile tea?

Author – I think I'll stick with Swedish whiskey... (*He takes the bottle and goes to leave the room.*) You're staying?

Visitor – Someone has to stay for the wake and answer the phone.

Author – OK then...

The author leaves. The visitor makes herself at home, takes out her mobile phone and punches a number.

Visitor – George? It worked. I think he'll write the 124th play... Yes, maybe we've overdone it with the Critics Sphere Awards and the O.B.E... He's certainly going to be disappointed when he finds out he isn't getting either... It's for his own good... And you never know, if his new play really is good... Yes, of course, if he isn't dead first... Speaking of which, I wanted to tell you. I had to improvise a little...

The author returns and she hides the phone.

Author – I've run out.

Visitor – I'm sorry?

Author – I've run out of ink. My pen is empty. And good luck finding a Mont Blanc replacement cartridge at this hour...

Visitor – What about the typewriter?

Author – The typewriter? It's like me, it's running on empty.

The visitor takes a biro from her pocket and hands it to the author.

Visiteuse – Vous n'avez qu'à prendre ça en attendant.

L'auteur a l'air déçu de ne pas pouvoir s'en tirer à si bon compte. Il sort. Elle reprend son téléphone.

Visiteuse – Ce n'est pas gagné... Il va falloir que je continue à le surveiller comme le lait sur le feu... Alors je pense qu'une petite rallonge...

On entend une détonation.

Visiteuse – Ah... Apparemment, il a retrouvé les cartouches... Bon, je vous rappelle. *(Elle raccroche.)* Je crois que je vais vraiment devoir l'écrire toute seule, cette pièce...

L'auteur revient avec à la main la bouteille de champagne dont il vient de faire sauter le bouchon.

Auteur – Je suis aussi en panne sèche de whisky, mais j'ai retrouvé ça dans le frigo. Je la gardais pour une grande occasion. Je pense que dans la même journée, un prix et une décoration... Vous en voulez ?

Visiteuse – Pourquoi pas ? Mais après vous me promettez de vous remettre au boulot.

Auteur – Ne vous inquiétez pas. Je ne sais pas pourquoi mais tout à coup, d'être mort, ça me redonne le moral.

Visiteuse – Tant mieux... Donc vous avez une idée ?

Auteur – Il vaut toujours mieux partir de la réalité. Alors tant pis. Va pour le théâtre dans le théâtre. C'est l'histoire d'un auteur qui a perdu l'inspiration. Un jour, une journaliste vient sonner à sa porte...

Visiteuse – Oui, ça me rappelle quelque chose... Et vous avez déjà un titre ?

Auteur – Pourquoi pas... « Au bout du rouleau » ?

Visiteuse – Ça n'a pas déjà été fait ?

Auteur – Ah oui mais alors là... Si en plus il faut un titre original...

Visiteuse – Va pour « Au bout du rouleau »...

Visitor – Use this for now.

The author appears disappointed to see his excuse hasn't worked. He leaves. She picks up the phone.

Visitor – This is going to be harder than I thought... I can't leave him out of my sight so I think a small raise would...

We hear a bang.

Visitor – Oh... Sounds like he found his cartridges... I'll call you back. (*She hangs up.*) Looks like I'm going to have to write this play myself after all.

The author returns carrying a champagne bottle, the popped cork in his other hand.

Author – I'm also out of whiskey, but look what I found in the fridge. I was saving it for a special occasion. Getting a prize and a medal in the same day, surely that qualifies... Will you have some?

Visitor – Why not? But only if you promise to get back to work right after.

Author – Oh no worries there. Learning I was dead gave me a new lease of life.

Visitor – That's great to hear... So you have an idea

Author – It's always best to start from real life situations. So fuck principles and let's go with theatre in theatre. It's the story of an author with severe writer's block. One day, a journalist comes to see him...

Visitor – Yes, that rings a bell... And for the title?

Author – How about... "Running on empty"?

Visitor – Hasn't it been used before?

Author – What now? We have to come up with a unique title as well...?

Visitor – All right, let's go with "Running on empty"

Auteur – Si je vous dictais, ça irait plus vite non ? *(Il place une vieille machine à écrire devant la visiteuse.)* Tenez, j'ai retrouvé un rouleau...

Visiteuse – Je vous écoute...

L'auteur commence à dicter, très inspiré, comme s'il voyait la scène.

Auteur – Un salon en désordre. Un homme somnole dans un fauteuil. Tout à coup le téléphone sonne, le sortant de sa torpeur. Il décroche comme un somnambule. Allô !

Noir.

Fin.

Author – I'll dictate, you type. It'll go faster that way. *(He places an old typewriter in front of the visitor.)* Here, I found a new ribbon.

Visitor – I'm listening...

The author starts to dictate, very inspired, as if he was visualising the scene.

Author – A messy living room. A man dozes in an armchair. The phone rings, partially waking him. He answers the phone, still half asleep. Hello?

Black.

Fin

www.ingramcontent.com/pod-product-compliance
Lightning Source LLC
LaVergne TN
LVHW050617200726
843508LV00010B/1892